Joachim Kind

Nadja

Ein Ostseekrimi

Joachim Kind

Nadja

Ein Ostseekrimi

Bibliografische Information der Deutschen Nationalbibliothek: Die Deutsche Nationalbibliothek verzeichnet diese Publikation in der Deutschen Nationalbibliografie; detaillierte bibliografische Daten sind im Internet über http://dnb.dnb.de abrufbar.

Verlag: BoD · Books on Demand GmbH, Überseering 33,
         22297 Hamburg, bod@bod.de
Druck: Libri Plureos GmbH, Friedensallee 273,
         22763 Hamburg
ISBN: 978-3-7693-2572-0

Inhaltsverzeichnis

i

PROLOG

Was soll ich sagen, Freunde? Ich habe mich auf eine Diebin und Falschspielerin eingelassen. Sie stiehlt Herzen und andere Dinge und man geht immer mit weniger aus der Begegnung heraus, als man in sie hineingegangen ist.

Wäre da nicht dieses Engelsgesicht, ihr schlanker, biegsamer Körper und die rehbraunen Augen, in denen man sofort unrettbar versinkt. Man würde ihr entweder sofort den Laufpass geben oder sie als liebestoller, geprügelter Kerl auf dem Scheiterhaufen brennen sehen wollen.

Beides tritt nicht ein, denn diese Frau ist obendrein klug und nicht nur im Körper biegsam, sondern Meisterin im Drehen und Herumwinden, und ihre Haut riecht nach Milch und Honig. Freunde, ich sage Euch, man ist einfach nur verloren.

Und ohne diese Frau hätte ich ganz sicher das Abenteuer meines Lebens nicht erlebt, aber hört selbst...

TREFFEN

Kennengelernt habe ich Nadja, als ich einen Themen-Musikabend eines sehr bekannten Chores in Berlin-Neukölln besuchte. Sie stand da einfach im Foyer des kleinen Theaters und war ganz in Gedanken versunken, mit einer kleinen, berückenden Nuance von Wehmut und Schmerz in ihren Augen. Gerade so als ob sie auf jemand zu warten schien, von dem sie genau wusste, dass er nicht kommen würde.

Sie war unfassbar schön und ich fasste mir ein Herz und sprach sie an, ob ich sie auf ein Glas Wein einladen dürfe. Der kleine Gedankenschleier in ihren Augen lichtete sich und sie sah mir unverwandt in die Augen. Boom, das traf mich, wie ein Schlag!

„Ich heiße Nadja", sagte sie, „und gerne was zu trinken, aber lieber einen Aperol."

„Ok, klar, gerne. Bin gleich wieder da.", beeilte ich mich schnell zu erwidern. Natürlich war ich nach zwei Minuten mit den Gläsern zurück. So eine Frau lässt man einfach nicht warten. Ich kam wieder und tatsächlich hatte sich in dieser Zeit schon ein anderer Mann um sie bemüht. Leider für ihn erfolglos, wie ich mit leisem Grinsen im Gesicht feststellen konnte. Na prima, kam ich doch gleich mit einem Lächeln zurück und erfuhr, dass sie tatsächlich auf niemand

Speziellen gewartet hatte,was mich doppelt froh machte. Ihr schulterlanges mittelblondes Haar glänzte in der Sonne und ihr Kleid lag berückend eng an ihrem schlanken Körper an, ein echter Hingucker. Die Plauderei plätscherte munter weiter, bis uns eine kleine Glocke mit hellem Klang in den Saal rief.

Das Theater bestand aus einem großen Raum mit frei aufgestellten Tischen und einer Bühne. Wir stellten uns gemeinsam an einen Tisch mitten im Raum. Die Musik war unerhört gefühlvoll, modern und berückend schön. Wir lauschten gemeinsam und unterhielten uns über die Musik und Gehörtes in den Pausen zwischen den Stücken. Ich lernte Nadja als eine eloquente und intelligente Frau kennen, die sich offensichtlich nicht nur mit moderner Musik bestens auskannte.

Nach Ende des Konzertes fragte ich, ob sie noch etwas Zeit hätte, den Abend gemeinsam etwas ausklingen zu lassen, und die zweite Überraschung des Tages war, dass sie auch zu diesem Vorschlag bereitwillig Ja sagte. „Ich stehe auf ältere Männer.", bekannte sie mir freimütig. ‚Welch unverschämtes Glück!', dachte ich und beeilte mich, zu nicken, denn Nadja war geschätzt ein dutzend Jahre jünger als ich und eine Frau, für die sich bereits an diesem Abend mehr als eine Handvoll Männer lebhaft interessiert hatten.

Das fröhliche Lächeln in meinem Gesicht und das Herzklopfen hielt also weiter munter an. Als Mann mehr Durchschnitt mit ein wenig ergrautem Haar und Brille ausgestattet, war ich nicht unbedingt der Typ, nach dem sich die Frauen sofort und gerne umsehen würden. ‚Heute ist mein Glückstag', sagte ich mir deshalb, holte schnell unsere Mäntel und wir verließen gemeinsam das Konzerthaus.

Wir entdeckten unweit von dort eine kleine, versteckte Bar, wie sie Berlin zuhauf besitzt. Mit Kanapees und warmem, nicht zu hellem Licht ausgestattet ein idealer Ort, um sich etwas aus dem Trubel der Straße zurückzuziehen, was die bereits anwesenden Pärchen hier schon recht glaubwürdig demonstrierten. Ganz hinten in der Bar war noch eine Couch frei und wir ließen uns dort zum Chillen nieder und setzten unsere Aperol-Erkundung lachend und scherzend fort.

Nadja war an diesem Abend bezaubernd, schlau und hatte offensichtlich auch nichts dagegen, dass ich mich ihr im Laufe unserer Unterhaltung langsam aber stetig näherte. Berührungen waren erlaubt und bald hielt ich Nadja locker, dann fester im Arm. Dann trafen sich bald unsere Blicke und Lippen und Nadja erwies sich als Meisterin des Küssens, deren gelehriger Schüler ich zu sein versuchte. Warme, weiche Lippen und Zungenfertigkeit machten mich für längere Zeit einfach sprachlos. Das hätte noch so weiter gehen können, irgendwann ist aber jeder noch so schöne Abend vorbei und der kleine Uhrzeiger kroch auch unerbittlich auf die erste Stunde nach Mitternacht zu.

„Zeit, nach Hause zu gehen.", sagte Nadja schließlich und ich konnte nur noch meine Begleitung zu nächtlicher Stunde anbieten. „Ich hab es nicht weit.", sagte Nadja und wir nahmen den nächsten Bus in ihre Richtung. Zum Glück kam der nicht sofort und Nadja stand nahe bei mir, um zu warten und legte ihre Hände in meine.

Es war nächtlich kühl, denn der Herbst klopfte schon leise an die Tür und ich schaute glücklich wie ein Honigkuchenpferd in ihre Augen. Der Bus kam und wir standen dicht bei dicht im Eingangsbereich des überfüllten Busses. Nadjas Körper drückte sich an meinen und unsere Körper verblieben für die nächsten drei Stationen eng aneinander geschmiegt, selbst, als sich das Gedränge ein wenig lichtete. Was für ein biegsamer und weicher Körper sich hier an mich drückte! ‚Halt die Frau ganz einfach fest', meldete sich mein Verstand. Die Zeit bis zum Aussteigen, war so gleichermaßen kurz, als auch eine kleine gefühlte Ewigkeit für mich, die vom Austausch wohliger Körperwärme verschönert wurde.

ZIMMER

Der Bus hielt, wir sprangen hinaus und waren in weiteren zwei Minuten vor Nadjas Haus. Eine Umarmung und weitere Zärtlichkeiten folgten. Dann die Frage, die ich schon heimlich herbeigesehnt hatte: „Willst Du nicht noch mit hoch zu mir kommen?".

„Ja sehr gerne", erwiderte ich schnell, ehe der Moment vergeben war. Sie klingelte, es summte und sie zog mich zu sich in den Hausflur, wo wir uns miteinander kosend die Treppe zum oberen Stockwerk hocharbeiteten. Oben stand Nadjas Freundin Karla in knappem und transparentem Sleepshirt in der Tür zur gemeinsamen Wohnung und begrüßte uns mit den Worten, „...ganz schön früh dran heute."

Die Wohnung - oder besser das Zimmer - in das wir gingen, war gemütlich, wenn auch nicht übermäßig geräumig. Modernes Design mit Küchentresen und Barhockern und angeschlossenem Wohnzimmer, in dem augenscheinlich die Sitzgarnitur als ausgeklapptes, einziges Bett genutzt wurde. Karla hatte sich gleich wieder unter die bereits dort befindliche Bettdecke zurückgezogen.

Ob der Situation, die ich so nicht erwartet hatte, stand ich noch einen kleinen Moment unschlüssig mitten im Zimmer herum. Nadja enterte den gemeinsamen Kühlschrank und ließ die Getränke-Party unbeeindruckt weiter gehen. „Häng die Mäntel an die Garderobe und setz Dich.", sagte sie und wies auf die Barhocker. Ich tat wie geheißen und sammelte ihren Mantel vom Thresen, den sie dort schnell hatte fallen lassen. Das nächste Glas wanderte über den Tisch. „Chin-chin!" sagte Nadja, nippte kurz am Getränk und kam dann um den Tisch zu mir herum und küsste mich, während sie ihre Arme fest um meinen Hals schlang.

Erst langsam erfasste ich eine neue Situation ‚à trois' und schaute abwechselnd auf Karla und Nadja, die sich kurz erneut von mir gelöst hatte, um Karla mit ihrem Getränk zu versorgen. Nadja kehrte zu mir zurück, sah in meine etwas unsicher blickenden Augen, machte einen zuckersüßen Schnutenmund und küsste mich kurz auf die Lippen. „Mach mir doch bitte mal den Reißverschluss auf!", sagte sie und drehte mir nun ihren schönen Rücken zu.

Gesagt, getan. ‚Sie will es so.', sagte ich mir, wenngleich ich eigentlich nicht der Typ war, der eine solche Situation täglich zu bewältigen hatte. Das Kleid glitt lautlos zu Boden und Nadja hatte mit schnellem, geschicktem Griff ihren BH gleich hinterher geschickt, drehte sich zu mir um und begann dann, mir erst den Pullover und anschließend auch mein T-Shirt auszuziehen.

Ich schaute auf ihre Augen und wohlgeformten, apfelgroßen, knackigen Brüste und merkte, wie mir das Blut erst in den Kopf und recht bald auch in andere Körperteile schoss. Karla schaute interessiert und lächelnd zu, während Nadja und ich unsere Arbeit vollendeten und sich nun nichts mehr als blanke Haut zwischen uns beiden befand. Ihre festen Brüste drückten sich auf meine Haut und ihr heißer Mund saugte sich an meinem fest. Warme Wellen durchströmten mich und ich war zu beschäftigt, um an mehr als an das Hier und Jetzt zu denken. Nadja griff meine Hand und zog mich hinter sich her zum Bett.

NACHT

Was folgte, ist schwer in einfache Worte zu fassen. Nadja und Karla arbeiteten erstaunlich artistisch, arbeitsteilig und effektiv zusammen und führten mich mit behutsamen Gesten in das gemeinsame Liebesspiel ein. Körper berührten und rieben sich aneinander und wurden allesamt mit zahllosen Küssen bedeckt. Nach intensivem Spiel in diversen Positionen, oben, unten und in der Mitte, verlor ich zwischenzeitlich die Orientierung und war dann irgendwann so ermattet und durch, dass ich voller Erschöpfung und Glück in einen tiefen, traumlosen Schlaf fiel.

Am nächsten Morgen wurde ich von weißlich herbstlichem Licht geweckt. Karla schlief noch und schnirchelte leise. Nadja stand bereits am Fenster und schaute in den von Frühnebel weißlich gefärbten Himmel auf erste gelb und orange gefärbte Blätter.

„Auch einen Tee?", fragte sie leise. Ich nickte und bekam ein Glas. Der Tee war noch sehr heiß, schmeckte nach Brombeeren und harmonierte mit der Farbe von Nadjas Outfit, einem transparenten weißen Negligee der Sorte „süßes Nichts", das die herbstlichen Farben in zarten Reflexen widerspiegelte. Nadja erzählte, dass sie gerade auf Jobsuche sei und nach dem Leben in der Wohngemeinschaft eine neue Bleibe finden müsse. Ich bot ihr an, mich umzuhören, und sie gab mir ihre Nummer auf einem kleinen Zettel, den sie mir eingeklemmt zwischen Zeige- und Mittelfinger locker und selbstverständlich überreichte. „Ist es ok, wenn Du jetzt gehst? Wir können uns ja gern bei Gelegenheit wieder treffen.", sagte sie und drückte sich kurz an mich. Ich wollte noch etwas sagen, aber sie setzte nur ihre Lippen mit einem kurzen Kuss auf meine. Nach wenigen Minuten hatte ich meine Sachen zusammengerafft und war durch die Tür der kleinen Wohnung verschwunden.

Die Sonne schien mir draußen mit gleißender Helligkeit in die Augen und ließ mich blinzeln. „Echt jetzt oder nicht?", fragte ich mich, aber der leichte Geschmack von Brombeertee auf meiner Zunge erinnerte mich an die vergangene Nacht und die interessante Wendung des gestrigen Abends. So nahm ich mir etwas Zeit, den sich langsam lichtenden, kühlen Morgennebel zu genießen und ging gemächlich zu der nächsten Bahnhaltestelle in der Nähe und fuhr zu mir nach Hause.

ALLTAG

Am Montag machte ich mich wie immer hastig und ohne Frühstück im Homeoffice an die Arbeit. Es war viel zu tun, denn die Software für die Steuerung der Gas-Verdichter-pumpen brauchte ein dringendes Update. Wir saßen ein paar Stunden im Arbeitsteam an dem Problem, hatten es aber am frühen Nachmittag geschafft und das System lief stabil. Nadja kam mir jetzt wieder in den Sinn. Eigentlich ist diese Aussage nicht ganz korrekt, denn bereits während der Arbeit hatte ich des Öfteren an sie denken müssen. Was würde sie wohl gerade machen? Ich rief sie an und fragte, ob und wann wir uns vielleicht auf einen Kaffee treffen könnten. Sie sagte für den frühen Abend zu und meinte, ich solle sie von ihrem Sportkurs abholen.

Also stand ich am Abend pünktlich vor dem Fitnesscenter. Nadja kam gerade mit ihrer Sporttasche aus dem Eingang heraus. „Welcher Sport?", fragte ich kurz und deutete auf die etwas größere Tasche. „Pilates und Ving-Tsun", war die Antwort, was mich angesichts ihres sehr schlanken aber dennoch deutlich athletisch gebauten Körpers sichtlich beeindruckte. Wer als Mann einmal versucht hat, einen Pilates-Schnupperkurs zu besuchen, wird mir sofort beipflichten. Ich war jedenfalls nach einem solchen Schnupperkurs gänzlich fix und fertig gewesen. Nadja jedoch tänzelte auch nach dem Training noch leichtfüßig um mich herum, scherzte und redete auf mich ein, als ob gar nichts gewesen wäre.

In einem nahegelegenen Lokal hatte ich - ich schäme mich fast, es zu sagen - sehr oldschool einen Tisch bestellt. Wie sich herausstellte jedoch keine so schlechte Idee, denn es war echt voll dort. Die Pasta war lecker und der Rotwein exzellent.

Ich erfuhr, dass Karla gerade Vorbereitungen traf, einige Auslandssemester zu belegen, und Nadja sich nach einer neuen Bleibe umsah, bis auch ihr Studium abgeschlossen war. Zwei Semester trennten sie noch von ihrem Ziel, sagte sie.

Ich erzählte, dass ich mich mit Pumpen-, Verdichter- und Pipelinetechnik herumschlug und war erstaunt, zu sehen, dass Nadja sich nicht nur in Wirtschaftsinformatik, sondern auch in ingenieurtechnischen Fächern bestens auskannte. „Nutzt ihr Flugzeugtriebwerke zur Verdichtung?", war ihre

Frage. Ich war echt geflasht, denn das wusste bisher noch keiner auf Anhieb.

So wurde der Abend, trotz eines so erdigen
Gesprächspartners wie mir, angenehm und
kurzweilig. Dessert und Rotwein folgten.
„Magst Du heute wieder zu mir mitkom-
men?", fragte sie. In meinem Hirn blitzten
kurz einige Bilder von zwei Körpern, vier
Brüsten, Beinen, viel Haut und Haar auf und
ich beeilte mich „Ja, sehr gerne", zu sagen.
Eine weitere spektakuläre Nacht folgte. Den
Rest überlasse ich Eurer Phantasie. Es war
einfach nur atemberaubend.

FOTOS

Etwa ein Dutzend weitere Treffen mit Nadja
folgten. Ich war ihr längst völlig verfallen
und hing förmlich an ihren Lippen, der süßen
Nase und den unfassbar schönen Augen. Wir
unterhielten uns stundenlang. Nadja zeigte
erstaunliches Interesse an meiner Person
und Arbeit. Von sich jedoch gab sie eigentlich sehr wenig preis. Als ich ein Foto von ihr
machen wollte, schüttelte sie nur kurz und
sehr bestimmt den Kopf, griff nach meinem
Handy und legte es lächelnd beiseite. Sie
sagte, sie habe schlechte Erfahrungen mit
Fotos gemacht und das Thema war danach
durch. Ich redete wie ein Buch und erzählte
eine Menge von mir. Nadja hörte interessiert
zu und fragte auch fleißig nach. Nach ein
paar Wochen wusste sie nahezu alles von

mir. Ich hingegen war nach dieser Zeit fast noch genau so schlau wie am ersten Tag. „Ich möchte mehr von Dir wissen!", äußerte ich ihr gegenüber. „Das wirst Du etwas später auch.", war ihre ebenso unbestimmte wie liebreizend vorgebrachte Entgegnung. Weiterfragen war zwecklos, ein Lächeln und eine kurze Wendung zu anderen Dingen war Nadjas einzige Antwort.

Karla war inzwischen zu ihren Auslandssemestern abgereist und die gemeinsamen Treffen fanden nun auch zunehmend bei mir zu Hause statt. Meine Wohnung hatte nicht die schöne Aussicht wie bei Nadja, war aber deutlich geräumiger. Unsere Beziehung blieb fordernd und heiß. Kurz darauf fragte mich Nadja, ob sie nicht vielleicht bei mir einziehen könnte. Ich sagte Ja und fühlte mich als absoluter Glückspilz, obwohl ich sonst in der Vergangenheit eher Beziehungen mit etwas Abstand bevorzugte. Aber diese Frau war anders und forderte auch Anpassungsfähigkeit von mir ein.

Umzug

Nun rückte der Tag des Umzugs näher, den ich schon sehr erwartungsfroh herbeigesehnt hatte. Dann war es soweit und ich stand mit meinem Auto vor Nadjas Haus und klingelte an ihrer Wohnungstür im zweiten Stock. Nadja öffnete mit den Worten: „Alles fertig.". Hinter ihr standen acht Umzugskisten und zwei Reisetaschen. „Na, das ist ja sehr übersichtlich", entgegnete ich.

Ehrlich gesagt, war ich sehr erstaunt, dass Nadja so wenige persönliche Dinge ihr Eigen nannte. „Ja, ich hab aufgeräumt und es gibt ja ‚Vinted'.", war die kurze Antwort. So trugen wir die Kisten und Taschen in meinen Kombi und nach etwa zwei Stunden stand alles in ihrem Zimmer in meiner Wohnung. „Wollen wir gleich noch auspacken?", fragte ich sie. „Nein, danke, lass. Das mach ich später selbst. Ist ja nicht so viel.", sagte Nadja und schob mich mit leisem Druck aus der Tür ihres Zimmers. „Beim Sortieren bin ich eigen. Lass uns lieber essen gehen und den Einzug feiern." Ok, das war ein neuer Zug an ihr, den ich noch nicht kannte, aber schließlich vollkommen legitim. ‚Privat ist privat', dachte ich und wir machten uns zu einem besonderen Essen mit kroatischer Küche auf den Weg, das Nadja gerne mochte.

In den folgenden Wochen gewöhnten Nadja und ich uns aneinander. Ich arbeitete jetzt mehr im Home-Office als bisher, um gemeinsame Zeit mit ihr zu haben, wenn sie am frühen Nachmittag von der Uni nach Hause kam. Sie schaute mir dann für ein Stündchen immer mal wieder bei der Arbeit über die Schulter und fragte viel zu meiner Arbeit als Ingenieur und Pipeline-Techniker. Das war vielleicht nicht so ganz spannend, aber Nadja hatte profunde technische Kenntnisse und überraschte mich immer wieder aufs Neue. „Wie ist das? Was muss ich machen wenn...? Kann man das irgendwie beeinflussen?", waren ihre Fragen. Auf Fragen von mir war Nadja hingegen immer noch relativ kurz und einsilbig. Ich verstand, dass sie nicht so gern über sich reden wollte und ließ es schließlich. Die Beziehung zu ihren Eltern, besonders zu ihrer Mutter, war wohl nicht so leicht gewesen. Bei technischen Problemen jedoch war sie eloquent, hatte gute Ideen und unterstützte mich nach einiger Zeit schon außerordentlich gut. Ansonsten plätscherte unser Leben fröhlich und geistreich vor sich hin und wir unternahmen viel zusammen. Das machte mich sehr glücklich. Eine solche Beziehung hatte ich in den letzten Jahren doch schon schmerzlich vermisst, stellte ich fest.

BRÜCKE

Wladimir machte eine abwehrende Geste. Er stand unter der Brücke mit Blut und Leichenresten von Konstantin, der sich den Indizien nach drei Geschosse in beide Lungen und den Kopf bei einem konspirativen Treffen unter dieser Brücke in Tschechien eingefangen hatte. Eine saubere Hinrichtung. Konstantin hatte maßgeblich an ihrem vorangegangenen Projekt mitgewirkt – sozusagen ein Attentäter par excellence. Jetzt hatte ihn jemand erwischt - obwohl er eher ein über-vorsichtiger Charakter gewesen war. Hof-fentlich hatte er nicht geplaudert, aber nach den noch von der Polizei verbliebenen Hin-weisen unter der Brücke zu urteilen, war da-für keine Zeit gewesen. Dieser Mord war schnell und mit großer Präzision ausgeführt worden. Das war die Arbeit eines erfahrenen Profis. Es konnte nicht länger als wenige Se-kunden gedauert haben - zu wenig, um Fra-gen zu stellen. Die Schüsse waren sicher platziert, Überlebenschance gleich Null. Un-terdessen hatten auch Rabenvögel die noch verbliebenen Reste gefunden und Fleisch und weiche Teile entsorgt. Eine mit Kreide gemalte Silhouette bezeichnete die Stelle, an der der Tote gelegen hatte.

Die Polizei konnte noch nicht lange weg sein. Wladimir schaute sich zur Sicherheit auf-merksam um, ob sich jemand in der Nähe befand und ihn beobachtete. Fehlanzeige. Die Hand im Innenrevers der Jacke an der entsicherten Waffe, ging er ohne Hast zu dem in der nächsten Nebenstraße abgestell-ten Auto zurück, sicherte die Waffe und fuhr davon. Ihm war klar: Plan B war an der Rei-he, denn Plan A war soeben unter der Brücke gestorben. „Wir brauchen einen neuen Tech-niker.", postete er an Sergej.

ERMITTLUNGEN

Erich war zu diesem Fall geholt worden, da die Art des Mordes ein Muster erkennen ließ. Erich machte Kommissar Podolski mit den Fakten für den Fall bekannt: „Das ist der dritte Mord dieser Art in fünf Monaten. Sieht nach einer Serie aus.", sagte er. In der Tat ließ die Ballistik und Spurensicherung keinen Zweifel daran, dass es sich hier um einen äußerst versierten Täter handeln musste.

„Wer ist das Opfer, kennen Sie ihn?", fragte Erich. „Ja. Das ist Konstantin Schröder.", sagte Podolski kurz und erläuterte, dass es sich um einen bereits bekannten Straftäter für Kleindelikte handelte, der auch schon einmal mit Einbrüchen in Verbindung gebracht wurde, allerdings damals ohne weiteres Ergebnis. „Den können wir jetzt abhaken. Er ist ja offensichtlich kalt gestellt worden. Es ging buchstäblich ins Auge.", meinte Erich mit einem leicht sarkastischen Unterton. Das war augenscheinlich die Arbeit eines echten Profis. Die Art der Hinrichtung und die verwendete Munition sprachen deutlich für eine fachmännische Entsorgung. Er war sich auch sicher, dass die Waffe - nach erster Sichtung der drei Neun-Millimeter-Geschosse eine Makarow - nie gefunden werden würde. Interessanter war für ihn, was oder wen er hier unter der Brücke gesucht oder getroffen hatte. Warum nur hatte ein kleiner Dieb eine so aufwendige Form der Bestattung erhalten? Dieser Arbeit galt nun Erichs ganze Aufmerksamkeit. Er schaute sich nochmals den gesamten Tatort an. Viel Auffälliges fand sich nicht, abgesehen davon, dass dem Opfer der Zeigefinger der linken Hand sauber abgetrennt worden war. Unter der Brücke befand sich Beton, der außer dem Blut und Geweberesten nicht viel Spuren zurück ließ.

Erst an der Übergangsstelle zu dem etwas entfernten Sandweg fand sich der Abdruck eines Sneakers mit auffälligem Sohlenmuster und einer kleinen defekten Stelle am Rand. Erich machte zur Sicherheit ein Handyfoto für die Akten und wandte sich dann dem Toten selbst zu. Mehr als die Rechnung eines unweit gelegenen Hotels war jedoch den Taschen des Opfers nicht zu entnehmen. Alles andere war mit Akribie bereinigt worden. „Lassen Sie uns im Hotel weitermachen!", sagte er zu Podolski und beide verließen die vermummten Kollegen der Spurensicherung an diesem sonnenschönen Tag. ‚Viel zu schön für einen solch hässlichen Mord', dachte Erich noch, als sich bereits beide zum Gehen gewandt hatten.

Zwischenfall

Nadja war einfach eine umwerfende Frau und ich genoss jeden Tag mit ihr. Mittlerweile hatte sie soviel Erfahrung mit meiner

Arbeit an den Verdichterpumpen gesammelt, dass Sie mich nahezu nebenbei unterstützen konnte. Die Freizeit, die wir so gewannen, nutzten wir gemeinsam. Eines Abends nach dem Tanzen und anschließendem Besuch einer kleinen Bar befanden wir uns auf dem Heimweg durch einige dunklere Straßen der Stadt. Wir liefen langsam und nahe beieinander, als Nadja mich fragte, ob ich die Typen kennen würde, die hinter uns liefen. Ich muss gestehen, bis zu diesem Zeitpunkt hatte ich die zwei Gestalten unweit von uns noch nicht einmal bemerkt. Ich verneinte und Nadja bat mich, etwas schneller zu gehen und eine belebtere Straße anzusteuern. Das versuchte ich. Nach der nächsten Ecke stellten wir jedoch fest, dass jetzt auch von vorn jemand auf uns zu kam, der den zwei Männern hinter uns augenscheinlich kurz zunickte. Das sah nach System aus und war beunruhigend, denn die zwei Typen hinter uns hatten nun auch ihren Schritt beschleunigt, kamen schnell näher und hatten nur noch etwa zwölf Meter bis zu uns zu überbrücken. In diesem Moment griff der Mann vor uns hinter seinen Rücken und holte einen dunklen, länglichen Gegenstand unter seiner Jacke hervor. „Messer, sei vorsichtig!", raunte mir Nadja leise zu. Wie sie das so schnell hatte erfassen können, war mir unklar, denn die Straße war nicht besonders gut ausgeleuchtet. Ich merkte nur, wie sich

meine Nackenhaare fast augenblicklich auf-
stellten und ein eiskalter Schauer über meinen Rücken lief. ‚Was mache ich bloß und
wie schütze ich uns?‘, war mein Gedanke.
Das war sehr ritterlich gedacht, aber definitiv nicht schnell genug gehandelt. Während
ich noch mit mir selbst beschäftigt war, hatte
Nadja in Sekundenbruchteilen schon zwei
wuchtige Tritte in Richtung des vorderen
Angreifers ausgeführt. Der erste hatte den
Angreifer entwaffnet, der zweite ihn bereits
am Kopf getroffen, so dass er taumelte.
„Lauf!“, rief Nadja und setzte mit zwei Fäus-
ten einen dritten Schlag in Richtung der
Brust des Angreifers, ehe dieser seine Orientierung wiedererlangt hatte. Er fiel mit
Schwung nach hinten über, wir beide setzten
zu jeder Seite halb über ihn hinweg und
rannten, so schnell unsere Füße uns trugen,
in die frei gewordene Richtung unseren hinteren Angreifern davon, die mit dieser Aktion
absolut nicht gerechnet hatten. Erst als wir
die nächste hellere Kreuzung erreichten,
hielten wir kurz inne und sahen uns um.

Die anderen beiden Männer hatten unsere
Verfolgung schnell aufgegeben und halfen
gerade dem dritten Mann auf, der sichtlich
angeschlagen war, nur mühsam auf die Bei-
ne kam und immer noch torkelte. Eine Ecke
später war es wieder hell und belebt, so dass
wir unseren Lauf stoppten und uns in die

Arme fielen. Ich war schwer beeindruckt von meiner hübschen Freundin. „Du bist ja eine Kampfmaschine!", bemerkte ich lachend zu ihr. „Ich weiß.", war ihre lapidare mit einem Lächeln im Gesicht entgegnete Antwort, die von einem kurzen Kuss begleitet wurde. Nadja blieb mir ein Rätsel. Ich beschloss, demnächst auch einen Selbstverteidigungskurs zu belegen. Diese überzeugende Vorführung haftete doch sehr eindrücklich in meinem Gedächtnis.

HOTEL

Erich und Podolski waren im Hotel angekommen und sahen sich gerade das Zimmer des jüngst Verstorbenen an. Wer immer den Mann umgelegt hatte, musste die Hoteladresse auch gefunden haben. „Ein sehr aufgeräumter Killer.", bemerkte Podolski, denn dieser war vor ihnen schon dagewesen und hatte das Zimmer einer ausgedehnten Untersuchung unterzogen. Habseligkeiten und Gegenstände des Toten waren sorgsam an der leeren Wandseite des Zimmers ohne erkennbare Eile sortiert und aufgestapelt worden. „Offensichtlich hat sich die Person sehr sicher gefühlt, oder hatte einen Komplizen.", bemerkte Podolski zutreffend. „Er wollte ja regelrecht, dass wir das hier sehen." Erich nickte. Hier gab es nicht mehr viel zu holen. Immerhin lagen der Pass und ein am Schalter gekauftes Zugticket für den morgigen

Tag nach Berlin auf dem kleinen Schreibtisch. Das bestätigte die Identität des Toten. Bei diesen Habseligkeiten war ein Buch über Flugzeugtriebwerke allerdings ein eher ungewöhnliches Utensil. Sonst war nur ein leerer Schuhkarton im Schrank auffällig, den Erich einer näheren Inspektion unterzog. Ein Schuhkarton ohne neue Schuhe, denn die Schuhe des Opfers waren zwar gut gepflegt, aber offensichtlich nicht frisch gekauft. Ein kleiner Abrieb im Inneren erregte seine Aufmerksamkeit. „Lasst mal hier den Sprengstoffhund ran. Ich reise nach Berlin.", war sein kurzer Kommentar an Podolski. Der Zug „Berliner" war mit Ankunft 10:50 Uhr am Berliner Hauptbahnhof vermerkt. Die Hinweise auf ein mögliches Attentat an einem Flughafen verdichteten sich und dem war nachzugehen.

BAHNHOF

Ein quirlig geschäftiger Bahnhof und sichtlich überfüllte Bahnsteige, gerade eine Durchsage, dass die S-Bahn wegen eines Arzt-Einsatzes nur unregelmäßig fährt und allgemeines Aufstöhnen darüber bildeten die Kulisse. Chaos auf den Rolltreppen, Gedränge und Lärm auf den Bahnsteigen, alles in weißliches Vormittagslicht einer fahlen Sonne getaucht, die durch das voll verglaste kuppelförmige Dach schien.

Erich hatte Podolski in Prag gelassen, einige andere Kollegen sorgfältig auf den Bahnsteigen postiert und sich selbst bei der Kameraüberwachung positioniert. Diese gestattete den besten Überblick. Es war noch zwölf Minuten Zeit bis zur Ankunft des diesmal nur wenig verspäteten Zuges. Die Untersuchung des Schuhkartons hatte in der Tat winzige Mengen von Sprengstoff nachweisen können. Deshalb war ein erhöhtes Gefährdungslevel nicht auszuschließen. Erich rechnete mit dem Erscheinen von Profis, die sich definitiv nur extrem kurz in derart gut überwachten Arealen aufhalten wollten, checkte die Kameras auf augenscheinlich besonders unauffällige Passanten ab und zeigte ein mit Jagdinstinkt gepaartes Interesse an den Bildschirmen der Überwachungskameras. „Keine leichten Bedingungen heute.", sagte Ronald zu Erich. Der schaute weiter auf die Monitore und nickte nur.

Ronald war froh, mit diesem erfahrenem Mann zusammen arbeiten zu können. Er war etwa vierzig und damit ziemlich genau zweiundzwanzig Jahre jünger als er. Die Kollegen hatten Erich den Spitznamen „Alter Fuchs" verliehen, denn keiner konnte es nur ansatzweise in puncto Abgeklärtheit mit ihm aufnehmen. Zudem war er einer von wenigen, die nach wie vor im Außendienst als Ermittler tätig waren, und das jetzt schon einige Jahrzehnte. Viele seiner Kollegen fühlten sich zu höheren Positionen berufen, die Mehrzahl jedoch hatte diesen Knochenjob längst wieder aufgegeben. Erich jedoch hielt sich mit einigem Nachdruck in dieser Position. Er war nicht der Typ zum Aufgeben und seine unkonventionelle Art und Vorgehensweise hatten ihn von Beförderungen jeglicher Art bisher verschont, obwohl er durchaus erfolgreich war. Definitiv ein Charakter, mit dem man sich nicht anlegen wollte oder sollte. Es gab sogar Kollegen, die neben Respekt auch offen leise Angst vor ihm äußerten, sicher durch seinen ihm natürlich innewohnenden Jagdinstinkt verursacht. Ronald kam damit klar und bemühte sich, nicht allzu sehr aufzufallen, und kam damit durch. Lernen konnte man bei ihm viel.

„Schau auf die Monitore! Aufgang zwei, jetzt gilt es.", sagte Erich in diesem Moment. Auf den ersten Blick fiel Ronald nicht viel auf. Kurz darauf jedoch bemerkte er, was Erichs wachem Blick nicht entgangen war: „Das Pärchen", bemerkte er kurz und wurde mit einem Nicken belohnt. „Häng Dich draußen ran, nicht zu dicht!", entgegnete sein Chef. Die Sache kam ins Rollen. Ronald machte sich auf zum Bahnsteig.

FEHLANZEIGE

Karla hatte sich mit Sergej vor dem Bahnhof verabredet. Sie wollten dort ihren Freund, wie abgesprochen, für ein kurzes Treffen abholen. Beide drängelten sich so gut es ging durch die Menschenmenge zum Bahnsteig. Sie waren etwas spät dran, der Zug musste schon in wenigen Minuten kommen und war zum Glück etwas überfällig. Jetzt standen beide dicht beieinander, der Zug rollte ein und hielt. Beide checkten erwartungsvoll alle Richtungen. Aus dem Zug ergossen sich wahre Menschenmassen. Gedränge, Geschiebe. Diese Situation hielt noch etwas an, bis sich der Bahnsteig nach etwa zwei Minuten wieder lichtete. Fehlanzeige, Sergejs Freund war offensichtlich nicht im Zug gewesen und dieser fuhr gerade auch wieder an. In diesem Moment erhielt Karla eine Nachricht auf dem Handy: der Freund hatte den Zug verpasst und kündigte sich für den nächsten Tag an. Das war unglücklich und beide machten, dass sie schnell wieder über die Rolltreppe aus dem überfüllten Gebäude kamen. Sie verließen das Areal zum nächsten Bus. Dieser fuhr an und verließ die Haltestelle kurz bevor ein abgekämpfter Mann über den Bahnhofsplatz gesprintet kam, der leider glücklos an der anderen Straßenseite verblieb. Als der Bus fortfuhr, war nur noch ein kleiner Hund an der Haltestelle zu sehen, der dort angebunden worden war und nun einsam auf sein Herrchen wartete.

MARINA

Sergej, Wladimir und Karla saßen in der „Tawerna u Beatki" auf einen Kaffee beieinander und warteten. Karlas Blick war auf den gleich benachbarten Marina Club mit den Masten der dort liegenden Segelyachten gerichtet. Der Nachmittag ging gerade in den frühen Abend über und die Nachmittagssonne zauberte längere Schatten auf den mit Bäumen und Büschen bestandenen Grasteppich des Marinabereichs. „Ein beschauliches Plätzchen!", konstatierte Wladimir und Karla nickte. „Genau deshalb ausgesucht, ich mag keine Überraschungen.", erwiderte Sergej und machte eine ausholende Geste über das Stegareal. In diesem Moment kam Konstantin zur Tür herein. „Hi, schön Euch zu sehen, habe einen Mordshunger!", sagte er und beeilte sich, noch ein Schnitzel und einen Kaffee zu bekommen. „Wie sieht es mit dem Boot aus?", fragte er, während er Kaffee vom Automaten und das Schnitzel mit an den Tisch brachte. „Gut dann können wir anfangen!", begann Sergej seine Einführung.

Sergej war zufrieden mit den bisherigen Vorbereitungen. Das Boot, eine „TES" hatte er ohne Probleme für die geplante Zeit chartern können und die Belegung mit all den Personen war mit dem Schiff auch ohne

Weiteres möglich. Bei dem Yachtcharter-Unternehmen hatte Sergej eine Tour zum Angeln auf der Ostsee angegeben und mit allen notwendigen Vorbereitungen und Dokumenten glaubwürdig gemacht. Bei ihnen lief er unter dem Namen Kolja Kowalski.

Die Tauchausrüstung und das Spezialequipment waren bereits vorhanden und perfekt zu verstauen. Das Boot war andererseits klein
genug, um auf See nicht weiter aufzufallen. Kurs und Zielgebiet standen in etwa fest. Problempunkte waren noch das Zusatzpaket und das Timing, damit die Aktion ein voller Erfolg werden konnte. Noch war jedoch genug Zeit dafür übrig. Sergej war ausgebildeter Seetaucher und hatte auch genug Tauchstunden und Erfahrung gesammelt, um unter den herrschenden Bedingungen gut arbeiten zu können. Das sah für den Rest der Crew nicht so rosig aus, war aber machbar, denn alle brachten zumindest einige Taucherfahrung mit. Das musste für diesen Einsatz genügen.

Konstantin sollte in der nächsten Woche das Spezialpaket übernehmen und dann bis zum Tag X lagern. Karla übernahm das Sonar, Sergej das Boot und Wladimir die übrige Tauchausrüstung. Ein neues Treffen wurde geplant. Dazwischen wurden nur Einzelkontakte vereinbart, denn maximale Sicherheit war unerlässlich. Mit gegenseitigen Umarmungen ging man wieder auseinander.

AUFTRAG

Oberst Pawlow hatte erste Informationen zur geplanten Operation über den Geheimdienst erhalten, die Sache war ernst. Es gab Hinweise auf eine autonome Gruppe, die hier tätig war. Wer diese Personen waren konnte jedoch noch nicht ermittelt werden. Es brauchte jemand Kompetenten, der dieser Sache nachging. Der Oberst sagte im Sekretariat, er sei unterwegs zum Geschäftsessen und ließe sich von seinem Fahrer zum Hotel „Baltschug" in die Naberezhnaya bringen. Das Restaurant dort war für sein gutes Frühstück und die phantastische Aussicht auf die Sehenswürdigkeiten der Stadt bekannt. Ein kurzer Besuch war jedenfalls immer ein Gewinn. Dort angekommen, sagte er dem Fahrer, er solle in anderthalb Stunden wieder am Eingang vorfahren und betrat die mit Stein und Marmor üppig verzierte Eingangshalle. Das Haus war 1898 erbaut worden und strahlte den pompösen altmodischen Charme eines Repräsentationsbaus dieser Stadt aus. In einer Sitzgruppe des Eingangsbereiches wartete ein modisch gekleideter Herr mit Anzug und langem Mantel an seiner Seite, der in einer Zeitungsausgabe blätterte und sich erhob, als er den neuen Gast eintreten sah. Die

Männer nickten sich kurz zu und gingen in das Restaurant zu einem Fensterplatz, der einen Blick auf das Wasser und das leicht wolkige Wetter mit Aufheiterungen gestattete.

Krovar war für diesen Spezialauftrag angeheuert worden. Er war ein Söldner und gehörte nicht zur Dienststelle, hatte aber bereits zahlreiche Aufgaben mit äußerster Diskretion und Akribie erledigt. Diese Art von stiller und effektiver Erledigung schätzte Pawlow sehr. Überdies hatte sie den Vorteil, dass er im Zweifelsfall keinerlei Beteiligungsvorwürfe befürchten musste. Da war aber noch etwas anderes, was ihn bewogen hatte sich genau für diesen Agenten zu entscheiden: Nein, es war nicht nur die kulturvolle und eloquente Art seines Gegenübers, das unauffällige, aber immer geschmackvolle Aussehen und die intelligente Herangehensweise an komplizierte Fälle - in diesem Mann schlummerte die Fähigkeit eines Raubtiers, schnell, skrupellos und unbarmherzig zuzuschlagen.

In einem vergangenen Krieg war er ein Soldat im Rang eines Majors gewesen und hatte sich dort als erfolgreicher Kämpfer in wenig aussichtsreichen Situationen bewährt: Kämpfen, Fliegen, Tauchen, Schwimmen, Klettern, alles war möglich und dieser Mann

mit vielen Talenten löste schwierige Probleme.

„Nehmen sie den Frühstückssalat, er ist
erstklassig. Was haben Sie denn diesmal für
mich, Iwan Petrowitsch?", fragte Krovar und
nahm zeitgleich einen Datenstick vom Major
entgegen. „Laden der Details aus dem Dark-
net, wie gewohnt, Entschlüsselung mit Stick
und Codetabelle, Startwert 26", raunte dieser kurz über den Tisch, bevor sie sich weiter
über Belanglosigkeiten unterhielten. Der
rote Kaviar war deliziös und harmonierte
vorzüglich mit dem Salat. Oberst Pawlow
lächelte. ‚Ein Mann mit vielen Talenten',
dachte er bei sich und war überzeugt, seine
Auswahl gut getroffen zu haben. Dann setzten sie gemeinsam schweigend ihr Frühstück fort.

FAMILIE

Diese Frau war mein Ein und Alles und unsere Beziehung war wirklich harmonisch. Ich
wollte viel von ihr wissen und bekam auch
einiges heraus. Das Einzige, was mich nach
wie vor störte, war Nadjas Verschlossenheit
bei privaten Dingen. Es war, als hätte jemand einen dunklen Vorhang über diese Geschichte gebreitet. War eben noch Freude
und Ausgelassenheit in ihrem Blick, kam bei
einer Frage mit Berührung ihres privaten
Umfelds ein dunkler Schleier in ihren sonst
so offenen Blick, als husche ein kleiner

dunkler Schatten in diesem Moment an ihr vorüber, dann Sendepause.

Als wir eines Abends wieder beieinander saßen wie an unserem ersten Abend und ich erneut insistierte, geschah etwas Unerwartetes: Nach der gewohnten Sendepause sprang mir Nadja plötzlich auf den Schoß, ergriff mein Hemd mit festem Griff, so fest, dass mir einen Moment die Luft knapp wurde, und herrschte mich an: „Du willst es also unbedingt wissen?" Ich legte meine Hände ganz behutsam auf ihre Arme und nickte. Ihr Griff lockerte sich und ich bekam wieder Luft. Sie glitt zurück auf ihren Sitz und versteckte ihren Mund hinter einer Hand, den anderen schützend um den Körper geschlungen. In ihren Augen glitzerten Tränen. Ich war verblüfft und wartete.

Nach einer gefühlt endlosen Pause begann sie von einem unterdrückten Vater und einer herrschsüchtigen, teils gewalttätigen Mutter zu reden, in deren Umfeld sich bei ihr und bei ihren zwei Geschwistern einige familiäre Tragödien abgespielt hatten. Ein Trennungs- und Machtkampf folgte, bis sie alt genug war, aus dieser Familie auszubrechen und ihr Glück allein zu versuchen. Ihre Familie hatte sie seit diesem Tag nicht mehr gesehen. Ich hörte still zu und sagte kein Wort. Sie schloss mit den Worten: „So, nun weißt Du es und jetzt frage mich bitte nie wieder danach!" Das war deutlich und ich war nach dieser Eröffnung auch nicht mehr erpicht darauf, weitere Tragödien zu erfahren. Ich schloss sie in meine Arme und wischte ihr vorsichtig die Tränenreste aus den Augen. Über das Thema Familie haben wir danach nicht mehr gesprochen.

VERSUCH

Konstantin hatte nicht mehr viel Zeit für die Beschaffung des restlichen Sprengstoffes. Zwei potentielle Verkäufer waren vorher schon abgesprungen. Ihnen war nach der Ermittlung der Menge sehr schnell klar geworden, dass es hier um etwas viel Größeres ging, und sie hielten sich bedeckt. Einer hatte die Ware nicht in der gewünschten Qualität und so ging es weiter. Niemand wollte das volle Risiko eingehen. Immerhin hatte sich aus vielen kleineren Mengen schon etwas angesammelt. Heute war der fünfte Händler an der Reihe. Konstantin fuhr mit dem Bus bis in die Nähe des Ortes und lief dann zu Fuß zu der angegebenen Stelle an der Brücke. Die Sonne schien silbrig durch kleine Löcher in der sonst fast geschlossenen Wolkendecke. Es war kühl und Konstantin zog am Reißverschluss seiner Jacke, um diese etwas winddichter zu bekommen. Damit hatte er nur mäßigen Erfolg. Das Treffen war für drei Uhr geplant und er war spät dran. Pünktlichkeit war bei dieser

Art von Geschäften oberstes Gebot. Er hatte den Weg so gewählt, dass er den Ort unter der Brücke schon kurz vorchecken konnte. Dichte Büsche verhinderten jedoch die Einsicht in das Areal. Viel war in diesem außerhalb gelegenen Areal nicht los. ‚Auch gut, dann gibt es wenigstens keine Störungen‘, dachte er bei sich und verlangsamte kurz seinen Lauf um ein einsames Auto vorbei zu lassen, und suchte sich einen Weg an der rechten Seite der Böschung abwärts zum Fluss. Der Weg war unbefestigt, aber nicht so steil und rutschig, wie er anfänglich befürchtet hatte. Unten angekommen, stellte er sich auf die Betonfläche und schickte sich an, auf den Händler zu warten. Erst in diesem Moment sah er, dass ein gut gekleideter Mann bereits ein paar Meter weiter gewartet hatte und nun hinter dem Gesträuch hervortrat. Konstantin sagte die vereinbarten Begrüßungsworte, was erwartungsgemäß beantwortet wurde. Er fragte nach dem Sprengstoff. Der Mann lächelte, wies auf die Betonkonstruktion hinter sich und sagte: „Gleich hier hinter dem Pfeiler." Konstantin machte einige Schritte auf den Händler zu. Das nächste was er sah war die Mündung einer gezogenen Pistole. ‚Zu spät‘, dachte er, wollte noch zur eigenen Waffe greifen, sah jedoch nur einen kurzen Blitz. Dann sah er nichts mehr.

Krovar hörte auf zu lächeln, als er noch zwei weitere schnelle Schüsse in beide Seiten des Brustkorbs seines Gegenübers platzierte. Der Tote sank nieder und blieb mit leisem Zucken liegen. Handschuhe an, eine kurze Leibesvisitation folgte: eine Hotelkarte und ein Handy wurde gefunden und mit dem Zeigefinger der linken Hand des Opfers entsperrt. Zwei Nachrichten, die interessant waren, zwei Namen und Telefonnummern, ein guter Tag. Der Finger wurde fachmännisch abgetrennt und in eine mit Zellstoff versehene Plastiktüte gesteckt. Das Handy des Toten kam dazu. Dann drückte er ihm die noch im Halfter befindliche Waffe in die rechte Hand. Krovar sah sich noch einmal kurz um und war mit dem Ergebnis zufrieden. Dann machte er sich die Böschung hinauf auf den Rückweg. Er wartete noch zwei Autos hinter einem Baum am Straßenrand ab, um nicht gesehen zu werden, ging dann in die dritte Querstraße auf der linken Seite, verstaute die Tüte in seiner Tasche und fuhr mit dem Auto zurück in die Stadt.

In das Hotel des Toten gelangte Krovar unbemerkt durch den hinteren Eingang. Er hatte sich vorher umgezogen und Latexhandschuhe, Brille, Overall, Basecap einer Prager Wäschefirma übergezogen und kam so vorbereitet mit einer großen Mülltüte im Hotel an. Die Gäste nahmen keine sonderliche Notiz von ihm und er gelangte unauffällig in das Zimmer, gab sich selbst zehn Minuten zur Inspektion und begann auszupacken. Was er suchte, befand sich in einem größeren Schuhkarton, der vollständig mit kleineren etwa pfundgroßen Päckchen in Folie gefüllt worden war. Krovar öffnete eines der Päckchen, prüfte den Geruch und identifizierte die abgepackte Substanz als den gesuchten Sprengstoff. Er hob vorsichtig eine kleine Probe mit dem Stiel eines Teelöffels von der Oberfläche ab und tat sie in den ausgeräumten Karton. Das sollte für die Polizei reichen. Den Rest der Pakete nahm er mit. Der Pass des Toten lag noch auf dem Hotelschreibtisch. ‚Was für ein Dilettant!', dachte Krovar, nahm seine Tüte, verließ den Raum und zog die Hoteltür leise wieder ins Schloss. „Molodjez ...", murmelte er leise vor sich hin, streifte sich in der Toilette im Erdgeschoss den Overall und die andere Ausstattung ab und verließ mit einem Bündel unter dem Arm das Hotel.

In der eigenen Unterkunft angekommen, hackte er das Telefon mit seinem Equipment, dem Finger und einem Laptop und loggte sich dann von einer Parkbank in der Stadt auf der Kleinseite erneut ein. Eine Nachricht im Speicher lautete:„Wie sieht es mit dem Geschäft aus und wann bist Du zurück in Berlin?".

Krovar antwortete in zwei kurzen Sätzen: „Geschäft ok. Komme morgen 10:50 mit dem Zug am Hauptbahnhof an. Bitte hole mich ab.". Dann schaltete er das Telefon aus, gab das Auto ab und ging noch ins Hotel einen Kaffee trinken bevor es ans Packen ging. ‚Was für blutige Anfänger', dachte er bei sich.

ABHÄNGIG

In den nächsten Tagen war Nadja noch anhänglicher und liebebedürftiger als sonst. Ich hatte ein schlechtes Gewissen wegen der Fragerei und bemühte mich, sie nicht weiter aufzuregen, denn es war ihr anzumerken, dass gerade unter der Oberfläche ein Vulkan brodelte, der drauf und dran war, jederzeit auszubrechen. Ich bemühte mich um sie und wurde mit Zärtlichkeit belohnt. Es war in den nächsten Tagen ein steter Wechsel zwischen aufbrausenden Stresssituationen und hingebungsvoller Liebe in einem erotischen Wechselspiel, und einige Zeit später in diesem wechselnden Gefühlsbad, war ich ihr komplett verfallen. Etwa so, wie ein zum Schutz sorgsam mit einer kleinen Decke in der Tasche einer Dame verpacktes Schoßhündchen. Immerhin wurde Nadja mit der Zeit wieder etwas ruhiger. Ich hechelte erwartungsfroh weiter, wie ein Hündchen, schaute treu durch meine Brillengläser und wurde dafür nachts zu Hause mehr als reichlich entlohnt. Es war ein stetes Auf und Ab, eine sehr aufregende Zeit für mich. Und was für eine Frau! Wenn ich nur an sie dachte, rannten bereits leise kleine Schauer durch meinen Körper.

Verpasst

Ronald machte sich vom Raum mit den Überwachungskameras auf den Weg zum Bahnsteig, eine nicht unbeträchtliche Entfernung. Wie für den Vormittag üblich, drängten sich Reisende und Touristen in hellen Scharen in den Bahnhofsetagen. Rollis, Koffer und Menschen in langen Schlangen befanden sich vor den Kaffeeständen und Imbissgeschäften. Die Vorhölle selbst konnte überfüllter nicht sein und war sicher absolut ähnlich ausgestattet. Ronald lief zügig, aber war ununterbrochen am Ausweichen und Stolpern. Als er die Rolltreppe endlich erreicht hatte, drängte sich eine riesige Menschentraube vor dem Aufgang. So gut es ging, bahnte er sich seinen Weg durch das Gedränge, hatte aber unterdessen weitere wertvolle Minuten vertan. Als er auf der Rolltreppe nach oben fuhr, kam ihm das Pärchen bereits auf der anderen Seite vor einem Schulmädchen mit buntem Ranzen und einem Mann mit kleinem Hund auf dem Arm entgegen gerollt.

Ronald beeilte sich, auf dem oberen Absatz sofort wieder auf die Gegenseite zu springen, hatte aber dadurch das Pärchen kurz aus den Augen verloren. Er versuchte fieberhaft, die Abwärtsfahrt zu Fuß zu beschleunigen, war aber dabei nur mäßig erfolgreich. Eine ältere Frau kam mit ihrem viel zu großen Rollkoffer nicht klar und blockierte die gesamte Rolltreppe sehr wirkungsvoll. Vom mittleren Absatz vor der nächsten Rolltreppe aus sah er das Pärchen nochmals kurz, als es außerhalb des Gebäudes auf die Bushaltestelle an der nächsten Ecke zulief. Er beschleunigte abermals seine Schritte, schließlich rannte er. Leider vergeblich, das Pärchen war schon im Bus und dieser fuhr gerade an. Noch atemlos stand er an der Haltestelle, als sein Blick auf einen einsamen Hund an den Sitzplätzen fiel. Wer um alles in der Welt hatte das arme Tier hier angebunden und dann vergessen? Ronald erbarmte sich des kleinen Terriers und führte ihn mit sich zurück ins Bahnhofsgebäude.

Erich war enttäuscht, dass sich sein junger Kollege so leicht hatte abhängen lassen. „Du bist ganz schön auf den Hund gekommen, was?", bemerkte er deshalb mit seinem ihm eigenen sarkastischen Unterton, als Ronald mit dem kleinen Terrier unverrichteter Dinge zurück kam. Als er aber von dem Hundeschicksal hörte, zeigte er doch Interesse und streichelte den kleinen Vierbeiner. Dabei stutzte er und roch an seinen Händen. „Inter

essant, ein Terrier mit ausgeprägter Hunde-
und Herrenduftnote", sagte Erich. Dann bat
er die Angestellten des Bahnhofs um die Ko-
pien aller Videoaufnahmen der letzten Stunde. Vielleicht war der Sache ja so beizukom-
men. „Es wird heute sicher ein langer Fern-
sehabend für Dich.", sagte Erich mit einem
unerwarteten Lächeln im Gesicht. Ronald
war nur mittelmäßig darüber amüsiert, heute war einfach nicht sein Tag.

LIEFERUNG

Gerade als Sergej und Karla erfolglos auf
dem Bahnsteig standen, kam eine Nachricht
von Konstantin: „Wurde beobachtet, musste
schnell umplanen. Komme später nach Berlin. Schickt mir neuen Ort und Zeit zum
Treffen."

„Na dann nichts wie weg von hier. Beeile
Dich unser Bus fährt in drei Minuten!", sagte
Sergej zu Karla und beide gingen zur Rolltreppe, fuhren ins Erdgeschoss und nahmen
den 123er Bus. Hinter ihnen stiegen noch ein
Schulmädchen und ein gut gekleideter Mann
ein, der auf das Mädchen wartete und es
hineinließ. Beide drängelten sich nach hinten in den Bus durch. Ein junger Mann
rannte noch, verpasste den Bus aber. „Merk
Dir sicherheitshalber das Gesicht", raunte
Sergej Karla zu. „Nur falls wir ihn nochmal
wiedersehen. Kannst Du Konstantin bitte
einen neuen Treffpunkt schicken? Wir brau-

chen sein Material.", fuhr er fort. Nach zwei Stationen sprang er aus dem Bus, denn er wollte noch Technik für den geplanten Segeltörn besorgen. Karla fuhr weiter in Richtung Siemensstadt und lief von dort in das Hotel.

Es war dort nicht unbedingt komfortabel, aber preiswert, und so weit von Nadja und ihrem neuen Freund entfernt, dass sie nicht mehr gesehen wurde und die erfundene Story mit dem Auslandssemester glaubwürdig erschien. Kurz vor ihrem geplanten Einsatz sollte hier möglichst nichts mehr schief gehen. Wenn Konstantin sich nicht nur wichtig machte, sondern tatsächlich beobachtet worden war, mussten sie ab jetzt ohnehin mit äußerster Vorsicht vorgehen. Jetzt aufzufliegen, wäre sehr traurig. Im Zimmer sandte Karla eine kurze Nachricht an Konstantin: „Treffe Dich morgen Abend um 19:00 Uhr im Lager in Greiffenberg. Lass uns Grumsiner Whisky trinken und unser Wiedersehen feiern. Gruß, Karla". Dann legte sie sich schlafen, ging am nächsten Morgen frühstücken, noch eine Stunde im gegenüberliegenden Kampfsportstudio für eine Stunde trainieren und machte sich dann mit ihrem alten Auto auf den Weg in die Uckermark.

PLAN

Sergej und sein Einsatzleiter saßen zur Vorbesprechung mit einem Experten für Rohr- und Pipeline-Technik in einem abhörsicheren Verhandlungsraum. „Wie stellt man es denn eigentlich an, wenn man so ein Ding kaputt kriegen will?", fragte Sergej. Der Experte erwiderte: „Im Prinzip existieren zwei Möglichkeiten: entweder von außen oder von innen. Geht man von außen ran, braucht man Spezialtaucher und wasserfestes Equipment. Geht man nach innen, braucht man Zugang zu den Wartungsschotts, Molchschleusen, und einen modifizierten Reinigungsroboter, automatischer Reinigungsmolch. Beide Varianten sind jedoch nicht ohne Herausforderungen und Risiken zu realisieren."

Danach schloss sich eine etwa dreißigminütige Präsentation des Experten an. Sergej erfuhr, dass die mit Beton ummantelten Röhren auf dem Grund der Ostsee auflagen, sich in durchschnittlich 52m Tiefe befanden, und dort durch ihr Eigengewicht gehalten wurden. Ebenso interessant war, dass der Meeresgrund der Ostsee kein flaches Becken darstellte, sondern beträchtliche Höhenunterschiede und Senken aufwies, bis zu einer Tiefe von 459m nördlich von Gotland.

Ihr geplantes Einsatzgebiet war östlich von Bornholm gelegen und zog sich dort in einer Meeresbodensenke von 70-90m Tiefe in östlicher Richtung hin. An dieser Stelle sollten sich die Röhren am leichtesten finden und mit dem Echolot ausmachen lassen.

Es ergaben sich einige Schwierigkeiten, die zu umgehen waren. In der ersten Variante benötigte man gut ausgebildete Taucher mit Erfahrung beim Arbeiten in größerer Tiefe und einen Echolot-Experten. Die zweite Variante war nur mit Spezialisten und Zugang zu einem normalerweise gut gesicherten Revisionsschott einer solchen Rohrleitung zu realisieren und verlangte umfangreiches und solides Insiderwissen.

Sergej sollte die Sache vorbereiten und für die Tauchvariante eine autonome Gruppe mit Erfahrung in den unterschiedlichen Spezialbereichen verwenden. Konstantin und er würden die Tauchgänge realisieren. Karla war für die Sprengtechnik zuständig und Wladimir sollte Echolot und Boot betreuen. Mehr als vier bis fünf Leute und die ganze Ausrüstung konnte das Boot ohnehin nicht aufnehmen und ein anderes Boot würde zu sehr auffallen.

Für die zweite Variante brauchte man wirkliche Experten und keine Sabotage-Amateure. Sergejs Gruppenleiter versprach, dafür noch eine andere Gruppe mit der notwendigen Erfahrung zu finden und gab Sergej das Go zur geplanten Aktion und seinem Plan. Als

Sergej gegangen war, nahm er sein abhörsicheres Handy und wählte eine Nummer. Am anderen Ende meldete sich eine Frauenstimme. „Ich habe einen Spezialauftrag für Dich, Nadja.", sagte er. Es war zunächst besser, die Gruppen weitgehend unabhängig agieren zu lassen. Das entsprach der Sensibilität des Auftrages.

BESCHATTUNG

Krovar hatte sich auf dem Bahnsteig gut platziert, ohne wirklich aufzufallen. Gut, dass er das kleine Hündchen kurz vorher noch vor einem Bäcker losgebunden und mitgenommen hatte. Mit dem Hund interessierten sich zwar einige Tierfans für ihn, aber niemand sonst. Als er herausgefunden hatte, wer hier wahrscheinlich auf diesen Konstantin wartete, postierte er sich nahe der Rolltreppe und schickte seine Nachricht vom Handy des Toten. Als die Frau wenige Meter vor ihm gleich darauf ihr Handy zückte, hatte er Gewissheit. Das Pärchen setzte sich fast augenblicklich in Bewegung und er folgte mit leichtem Abstand nach. Offensichtlich ging es zur nächsten Bushaltestelle. Er war zwar nicht ganz so schnell wie die beiden, erreichte die Haltestelle aber rechtzeitig. Jetzt war das Hündchen wieder verzichtbar und Krovar beugte sich über den Hund und band ihn schnell kurzerhand an der Bank in der Haltestelle fest. Dann ließ

Krovar noch ein Schulmädchen vor sich in den Bus und folgte dicht nach. Es war sehr voll im Bus und er drängelte sich an dem Pärchen vorbei durch den Bus. Er hatte heute wirklich Glück. Die Tasche der Frau stand ein wenig offen. Er lächelte beide an und ließ gleichzeitig den GPS-Tracker in ihre Tasche gleiten. Danach zog er sich weiter hinten im Bus zurück und gab sich selbst eine mehr als 90%ige Chance, die Frau bis morgen Abend lückenlos überwachen zu können. Einzige Ausnahme: sie würde ihre Tasche heute noch komplett auspacken - oder besser ausschütten - und den kleinen Tracker entdecken. Aber im Ernst, welche Frau tut das schon täglich? Deshalb murmelte Krovar leise: „Nu zajac pogodi ...", und schaute kurz lächelnd aus dem Fenster. In diesem Moment bemerk te er, dass der Mann des Pärchens bereits an dieser Haltestelle allein und sehr schnell den Bus verlassen hatte und schalt sich selbst für seine kurze Unaufmerksamkeit. Zum Hinterherlaufen war es jetzt zu spät und derartige Hektik wäre sicher auch aufgefallen. So heftete er sich weiter an die Frau und folgte ihr bis zum Hotel. Mit dem Tracker und der Software auf seinem Handy war das jetzt bis zur Tür ihres Hotelzimmers ein Kinderspiel. Er schlich sich danach noch in einem unbemerkten Moment in die Diensträume des Hotels und bekam heraus, dass die Frau dort unter dem Namen Katrin Zeidler eingecheckt hatte und auch noch vor hatte, längere Zeit im Hotel zu bleiben. Sie würde ihm nicht entwischen. Krovar kehrte wieder in sein Hotelzimmer im Intercity am Hauptbahnhof zurück und mietete ein Auto für die Fahrt am nächsten Tag. Der Mann würde sicher auch noch auftauchen. Insgesamt also ein gewisser Teilerfolg und genau mit diesem Inhalt postete er eine Nachricht an Ivan Petrowitsch, seinen Auftraggeber.

NADJA

Aus einer zerrütteten Familie und jugendlicher Frühkriminalität hatte es Nadja bereits kurz nach Erreichen der Volljährigkeit zum Geheimdienst verschlagen. Das war die Gelegenheit, aus der Gewalt und den Machtkämpfen ihrer Familie auszubrechen. Dazu trugen sicher auch ihre Versuche bei, sich durch Diebstahl, Drogendelikte und freizügige Lebensweise dem Elternhaus so weit wie möglich zu entziehen. Ganz gelang das nicht, denn der größte Feind lauerte in ihrem eigenen Inneren, hatte sie doch das Erbteil ihrer Mutter, eine gewisse Borderline-Symptomatik mit dem Bedürfnis, andere Menschen intensiv zu kontrollieren, geerbt. Nach einem größeren Raubüberfall war sie aufgeflogen und nur das Angebot, sich einer Agententätigkeit zu widmen, bewahrte sie vor einer langen Haftstrafe. Dabei war sie nicht unintelligent und auch in der Schule eher unauffällig aufgetreten. Man erkannte schnell ihr Potenzial und sie erhielt eine solide Technik-, Wissenschafts- und Waffenausbildung und zeigte bereits nach sehr kurzer Zeit, was wirklich in ihr steckte. Die Notwendigkeit, den Kontakt zu ihrer Familie abzubrechen, nahm Nadja als persönliche Befreiung wahr. Wenngleich sie ihre Geschwister vermisste, hatte sie seitdem dennoch keinerlei Kontakt mehr zu ihrer Familie.

Es folgten kleinere Einsätze und schließlich auch reale Kampferfahrungen, die sie mit kühl berechnender Präzision erledigte. So war sie nach kurzer Zeit nicht nur die jüngste, sondern auch die erfolgreichste Agentin ihrer Abteilung. Ihre Vorliebe für Nahkampf und Ingenieurtechnik machte sie dabei zu einer begehrten Agentin, die mehr konnte, als ausschließlich Einsätze mit der Waffe zu erledigen, denn sie war intelligent und liebte das Spiel mit Menschen und hohem Einsatz.

Das neue Angebot ihres Chefs machte sie glücklich, konnte sie doch endlich bei einer sehr großen Sache beweisen, was in ihr steckte. Die Suche nach Bestätigung und Anerkennung war stark in ihr und verlangte nach immerwährenden größeren Herausforderungen. Diese Chance war nun für sie gekommen, wenngleich auch immer eine leise Angst in ihr vorhanden war, diesen Aufgaben nicht wirklich gewachsen zu sein. Das jedoch glich sie mit absoluter Härte und Zielstrebigkeit aus.

Im Umgang mit Sprengstoffen war sie noch nicht so erfahren wie in Technikfragen, aber sie nahm sich vor, das schnell zu ändern und hatte einen Crashkurs mit einer versierten Sprengmeisterin im Sinn. Ihr Chef schlug ihr Karla aus Sergejs Gruppe dabei als Partnerin vor, auch wenn eigentlich unerwünschte Querverbindungen zwischen den Gruppen vermieden werden sollten, aber es war nicht viel Zeit und Karla war ein unumstrittener Experte, wenn es um solche Einsätze ging. Sie wurde gebrieft, auch in ihrer eigenen Gruppe diese parallel laufende Ausbildung geheim zu halten. Deshalb führte sie Nadja nur als Mitglied einer Wohngemeinschaft ohne weitere Querverbindung. So ließ sich die Turbo-Ausbildung am schnellsten realisieren, denn das Gesamtprojekt war zeitkritisch angelegt.

Beide Frauen mieteten sich ein großzügigeres Ein-Zimmer-Apartment und gingen miteinander an die Arbeit. Karla hatte ähnliche Aufgabenstellungen in ihrer Gruppe zu erledigen und konnte ihre Arbeit gut bündeln. Beide Frauen vertrugen sich erstaunlich gut, Nadja lernte schnell und einige Wochen später waren sie bereit für das Praxis-Training auf dem Sprengplatz.

SCHEUNE

Karla freute sich auf das Wiedersehen mit Konstantin, wenngleich die letzte Nachricht von ihm beunruhigend genug war und nichts Gutes für ihre Arbeit am Projekt verhieß. Jetzt aber war sie unterwegs und fuhr vom Hotel über Pankow und Panketal in Richtung Nordosten, direkt aus der Stadt hinaus die Autobahn 11 hinauf in Richtung Stettin. Auf halber Strecke an der Abfahrt 8, Pfingstberg, fuhr sie ab und an der hübschen Erdholländermühle in Greiffenberg vorbei. Diese grüßte sie von Weitem mit ihren Flügeln. Danach bog sie in die kleine Stichstraße ein und fuhr den Feldweg weiter, bis sie den Schuppen am Waldrand, den sie von ortsansässigen Bauern gemietet hatten, erreicht hatte. Wie gewohnt stellte sie ihr Fahrzeug neben dem Lager ab und schloss das Haus auf, das früher sicher einmal eine alte Tenne gewesen war. Interessanterweise war dieses Haus weder in Karten noch im Internet verzeichnet und damit ein idealer Ort, um einige Artikel unbemerkt auf halber Strecke zur Küste zwischenzulagern.

Karla packte noch einige kleine Kisten aus, die einige Spezialzünder und andere Artikel für ihre Unternehmung enthielten. Eine Whiskyflasche hatte sie unterwegs besorgt, diese lag in einem Beutel hinten im Auto neben zwei eilig gekauften und mit eingepackten Gläsern. Bis sieben Uhr war es noch etwas Zeit und so nahm Karla auf der kleinen Holzbank vor der Tenne in der Sonne Platz und genoss die vorabendliche Wärme. Sie konnte nicht ganz genau sagen, wie lange sie dort schon gesessen hatte, denn die Sonne schien und wärmte die Holzwand hinter ihr angenehm auf, als sie ein Geräusch aus dem Schuppen hörte. „Konstantin?", rief sie, sprang auf und bog um die Ecke des angelehnten Scheunentores. Erstaunt prallte sie zurück: es war nicht Konstantin, der sie bereits erwartete.

SPRENGPLATZ

Nadja und Karla waren ein ganzes Stück in Richtung Osten gefahren. Hier lag in einem alten Armeegelände ihres Heimatlandes der Sprengplatz mit einigen Attrappen von Rohrleitungssegmenten, an denen die Effektivität unterschiedlicher Detonationen untersucht werden konnte. Das konnte die Realität unter Wasser nur in etwa nachstellen, war aber für Tests durchaus ausreichend. In den folgenden Tagen übten die Frauen jeden Schritt zum Anbringen, Scharfmachen und Zünden der Ladungen, bis jeder Handgriff saß und schlussendlich auch mit verbundenen Augen ausgeführt werden konnte, denn bei einer Tauchtiefe von mehr als 50m war man von Dunkelheit und trübem Wasser umgeben und jede Aktion war zeitkritisch und damit auch überlebenswichtig. Zusätzlich war die notwendige Verweildauer in unterschiedlichen Tiefen beim Auftauchen zur Vermeidung von Dekompression als wesentlicher Faktor mit zu berücksichtigen.

Beide Frauen hatten während ihrer Ausbildung bereits eine Kampfschwimmer-Ausbildung erhalten und hatten sich bei mehreren Einsätzen im und unter Wasser bewährt. Neu war für beide jedoch das Arbeiten in solch beträchtlicher Tiefe. Dazu hatten sie eine Zusatzausbildung in einer Druckkammer erhalten und sich Bedingungen des Tiefenrausches gestellt. Karla kannte das bereits und hatte es gut überstanden. Nadja jedoch hatte einmal mit beginnendem Tiefenrausch zu kämpfen und musste sich in dieser Disziplin Karla geschlagen geben. Sie hatte heute noch ungute Erinnerungen, wenn sie an diese Tests in der Druckkammer dachte.

Bei der Vorbereitung auf dem Sprengplatz stand jedoch der Wettbewerb unentschieden und Nadja lag beim Vergleich der Ausführungszeiten sogar hauchdünn im Vorsprung.

Am drittletzten Tag der Tests hatten beide gerade zwei Ladungen an den Rohrstücken befestigt. Sie liefen plaudernd zum Deckungsgraben zurück und hatten erst zwei Drittel der Strecke zurückgelegt, als einer der Sprengsätze bereits vor dem üblichen Warn- und Lichtsignal, das noch zehn Sekunden bis zur Sprengung ankündigte, losging.

Die Druckwelle der Detonation riss beide Frauen kraftvoll zu Boden, was für sie eher ein glücklicher Umstand war, denn knapp über ihnen pfiffen Kies und Gesteinsstücke der Rohrummantelung an ihren Ohren vorbei. Ein todbringendes sausendes Geräusch pfiff dicht an ihren Ohren vorbei. Beide drehten sich automatisch vorsichtig auf den Rücken und richteten sich nach kurzem Check, ob alle Gliedmaßen noch an ihrem Platz waren, langsam wieder halb auf. Hilfspersonal und Sanitäter kamen angerannt und postierten sich eben vor ihnen, als die zweite Ladung losging. Als sie die zweite Druckwelle erreichte, sahen beide Frauen Ausrüstung Steine, Blut und abgerissene Körperteile an sich vorbeifliegen. Wie durch ein Wunder blieben beide Frauen bei diesem Anschlag nahezu unverletzt. Die traurige Bilanz waren zehn Tote und dutzende Verletzte durch umherfliegende Trümmerteile. Der Attentäter konnte schnell ermittelt werden und kam in Gewahrsam.

An diesem Abend bekamen die Frauen wortlos eine Flasche Aperol und sechs Flaschen Sekt vom Kommandeur des Schießplatzes und ihren Kameraden überreicht, jeweils eine Flasche für sie selbst und jeweils die zweite und dritte für ihren persönlichen Schutzengel, der hier ganze Arbeit bei seinem Job geleistet hatte, wie der Schießplatzleiter bemerkte. Beide Frauen waren so fixiert auf ihre Aufgabe gewesen, dass ihnen dabei gar nicht in den Sinn gekommen war, selbst bereits auf einer Abschussliste zu stehen. Es war nahe dran gewesen und beide Frauen betranken sich hemmungslos. Der Rest des Abends versank im orangenen Nebel des Mixgetränks. Am nächsten Morgen standen beide unter der warmen Dusche und spülten den Staub des vergangenen Tages ab.

Nadja starrte beim Duschen gedankenverloren auf einen winzigen Riss an ihrem Arm. Ein mit großer Geschwindigkeit vorbeifliegender Glassplitter hatte sie dort knapp verfehlt und die kleine Wunde wurde durch das Wasser aufgeweicht und war wieder aufgerissen. Eine kleine rote Blutspur löste sich aus dem Schnitt und wurde vom warmen Wasser auf der Haut verteilt, langsam verdünnt und abgewaschen.

Ihre Sicht verschwamm für einen kleinen Moment, schärfte sich ganz plötzlich übernatürlich und vermischte sich gleichzeitig mit der Erinnerung an vorüberfliegendes Blut. Nadja atmete schwer, stützte sich mit den Händen an der Wand ab, um nicht zu stürzen, und kam erst wieder zur Besinnung, als sie Karlas Hand spürte, die sie fest an ihrer Schulter gegriffen hatte. Karla stellte das Wasser der Dusche ab, griff Nadja fest an beiden Schultern und nahm sie in den Arm. „Das kenne ich!", sagte sie leise.

Nadja hielt sich an Karlas warmem, nacktem Körper längere Zeit fest und gewann erst nach und nach ihre Fassung wieder. Es war ein unbändig schönes Gefühl, noch am Leben zu sein. Sie streichelte Karlas Gesicht, gab ihr einen kurzen Kuss auf die Wange und lös te sich dann erst langsam und wortlos wieder von ihr.

BAHNHOFSVIDEOS

Nachdem Ronald, sein junger Kollege, so schmählich bei der Personenobservation versagt hatte, war beinharte Polizeiarbeit angesagt. Beide saßen im Büro und sahen sich Aufnahmen des Tages von 26 Kameras an. Nun war es schon 23 Uhr und beide waren etwas entnervt nach vielen Stunden vor dem Bildschirm beim Sichten von endlosem Videomaterial. Letztlich war ein erster vielversprechender Eindruck gut, aber man musste natürlich allen Spuren nachgehen, solange sie noch frisch waren. Zehn Kameras kamen nicht für eine intensivere Auswertung in Frage, es wurden ganz andere Bahnhofsbereiche überwacht. Von allen Personen, die sich bei Ankunft des Zuges auf dem Bahnhof aufhielten, wurden kurze Sequenzen abge-

spielt, mit Nummern versehen und gegen-
einander abgeglichen. Mit wem hatte sich
der Ermordete verabredet und was hatte er
vor?

Favorit für ein Treffen war nach wie vor das
junge Pärchen. Beide schauten eine ganze
Weile erwartungsvoll auf die Zugtüren. Dann
konnte man sehen, dass die junge Frau ihr
Handy zückte und etwas las. Sie verließen
danach beide fast augenblicklich den Bahnsteig. Offensichtlich hatten Sie eine Nachricht erhalten. Wer hatte geschrieben? Definitiv nicht der Tote. Und bei ihm wurde auch
kein Handy gefunden. Erich dachte an den
Toten und den abgetrennten Finger und sagte: „Der Mörder hat ihnen geschrieben."

Ja klar diese Annahme lag nahe, dann war
das Abtrennen des Zeigefingers auch sinnvoll. Außerdem war der Ermordete Links-
händer. Ronald bemerkte: „Aber das heißt ja,
...". Er beendete den Satz nicht, weil er sah,
dass Erich ihn bereits breit anlächelte.

Der Weg des Pärchens ließ sich mit fünf Kameras nahezu lückenlos verfolgen: sie nahmen vom Bahnsteig geradewegs den Weg
zum Haltestellenbereich vor dem Bahnhof.
Danach verlor sich leider ihre Spur. Ausge-
hend von diesem Weg erweiterten sie ihre
Suche. Es gab viele Menschen auf diesem
Weg, aber ein großer Teil bog an irgendeiner

Stelle vom Kurs des Pärchens ab, oder hielt inne, um sich naturgemäß auf diesem unübersichtlichen Bahnhof zu orientieren. Übrig blieben ein Ehepaar mit zu großem Rollkoffer, ein Schulmädchen und ein Mann mit Kurzmantel und Hund. Beide schauten sich an und anschließend auf den kleinen Hund in ihrem Büro, der gerade hechelte und mit dem Schwanz wedelte und damit sehr nachdrücklich darum bat, jetzt endlich Gassi gehen zu dürfen. „Geh mit ihm mal raus, aber lass das Halsband hier. Das kommt ins Labor.", sagte Erich. Ronald musste sich für das Gassi gehen mit einer Rolle Paketschnur bis zum nächsten Tag notdürftig behelfen.

FOLTER

Die junge Frau war tatsächlich geistesgegenwärtig gewesen und hatte noch versucht sich zu verteidigen, aber Krovar hatte in den letzten Kriegen, an denen er teilgenommen hatte, viel Nahkampferfahrung gesammelt. Sie war nicht unbegabt und hatte sich nach Kräften gewehrt, war ihm aber sowohl körperlich als auch kampftechnisch haushoch unterlegen. Er wehrte einen Tritt und zwei Hiebe ab und schlug sie anschließend mit einem einzigen Fausthieb zu Boden. Hier hatte er keine unliebsamen Gäste zu befürchten, denn die Scheune lag weitab von anderen Gehöften und Wanderwegen. Er fixierte die junge Frau auf einer alten Hobelbank mit Stricken, die hier reichlich vorhanden waren, fand noch einen Werkzeugkasten und ein paar alte Schraubzwingen und baute dann ohne Hast die Autobatterie aus dem Kleinwagen aus. Das alles sollte für eine ausführliche Befragung reichen, er hatte keine Eile. Dann weckte er die Frau mit einem Kanister Wasser aus dem Kleinwagen unsanft auf. Krovar wusste, es würde unschön werden, aber er hatte hier keine Zeit zu verlieren. Was er in der Scheune an Material gesehen hatte, ließ daran keinen Zweifel. Dann machte er sich an die Arbeit.

Zwei quälend lange Stunden später, bei Einbruch der Dunkelheit, war die Befragung beendet und ein wenig bekleideter, verkrümmter und verstümmelter Frauenkörper lag leblos auf der Werkbank. Die Frau hatte sich lange gewehrt, aber Krovar hatte erfahren, was er wissen wollte. Er band die junge Frau los, deren Name Karla gewesen war, trug sie zum Auto, setzte sie auf den Fahrersitz ihres Autos und öffnete die Fenster zur Hälfte. Ihre Tasche befand sich noch im Auto. Er nahm den kleinen Tracker wieder an sich, denn er hatte seinen Dienst getan. In der Scheune hatte sich reichlich Benzin befunden, das er nun im Auto und in der Scheune verteilte. Er legte noch eine Feuerspur von etwa 20m und ließ dann

Brand und Feuerwerk mit einem benzingetränkten Putzlappen starten.

Im Schein des Feuers hinter sich lief er ohne Hast und ohne sich nochmals umzusehen durch das kleine Wäldchen zu seinem eigenen Auto zurück, das er auf einem unweit befindlichen Feldweg auf der anderen Waldseite abgestellt hatte. Als er dort angekommen war, gab es mehrere heftige Explosionen jenseits des Wäldchens. Krovar hielt in der geöffneten Autotür kurz inne und sah noch einmal auf die Flammensäule, die gerade gen Himmel stieg und sein Gesicht in flackernden Schein tauchte, stieg in sein Auto und fuhr in Richtung Norden davon. Nach dem Abendessen berichtete er Ivan Petrowitsch von seinen neuen Erkenntnissen.

BEDROHUNG

Sergej hatte ein ungutes Gefühl als sich weder Konstantin noch Karla am Abend zu einem kurzen Statusbericht gemeldet hatten. Er wusste, dass die zwei eine lockere Beziehung miteinander pflegten. Das war jedoch kein Grund für längeres komplettes Schweigen der beiden und sie waren normalerweise absolut zuverlässig. Ihre Handys waren ebenfalls ausgeschaltet. Das beunruhigte ihn. So schickte er Wladimir nach Prag, um die vereinbarten Übergabeorte zu checken. Er selbst fuhr nach Greiffenberg zu ihrem Zwischenlager. Bereits als er von Westen kommend von der Autobahn auf das Örtchen zufuhr, fiel ihm die Präsenz von Ordnungskräften und Feuerwehr auf, von denen er auf der kurzen Strecke bereits Notiz nahm. Deshalb entschied sich Sergej, an der Erdholländerwindmühle eine kurze Pause einzulegen, und sah von dort auch bereits schwarze Rauchwolken eines noch existenten Schwelbrandes im nahen Wäldchen. An der Mühle hatten sich schon Ortsansässige wie Schaulustige versammelt und erzählten von einem größeren Brand und mehreren Explosionen am gestrigen Abend kurz nach Sonnenuntergang. Die Feuerwehr hatte versucht zu löschen, aber vergebens. Sie konnten wegen der fortgeschrittenen Stunde erst spät ausrücken und wegen der Explosionen traute sich niemand näher an die Scheune heran. So wurde auch das Brandopfer erst am nächsten Tag entdeckt.

Sergej sah sich noch etwas weiter um und erfragte von einigen Hilfskräften Details zum Brandopfer, das nach ihren Schilderungen und den Überresten zu urteilen wahrscheinlich eine Frau war. Genau konnte das aber noch keiner sagen. Sicher war, hier kam jede Hilfe zu spät.

‚Das ist bitter!', dachte Sergej, denn dann hatte es sicher Karla erwischt. Sie war erst vor kurzem 28 Jahre alt geworden und sie hatten noch zusammen ihren Geburtstag gefeiert. Eine junge und energische Frau mit klarer Vorstellung, wo es in ihrem Leben hin gehen sollte. Sergej hatte heimliche Sympathie für die junge Frau empfunden und stand nun mit einem undefiniert verzogenen Gesichtsausdruck in der Vormittagssonne dieses schönen Tages. Als wenig später an ihnen ein Leichenwagen der Gerichtsmedizin in Richtung der alten Scheune vorbei fuhr, hatte er traurige Gewissheit.

Kurz darauf erhielt er eine Nachricht von Wladimir: „Wir brauchen einen neuen Techniker." Er antwortete ihm: „Wir brauchen auch eine neue Spezialistin." Jetzt ging es nur noch darum, Schadensbegrenzung zu betreiben und ihr zweites Lager umgehend zu sichern, sonst war das Gesamtprojekt ernsthaft gefährdet. Glück im Unglück war, dass Karla nichts von dem zweiten Lager gewusst hatte. Vor allem musste ihr Gegenspieler identifiziert und ausgeschaltet werden. Er rief Wladimir an, der mit dem Transporter in Richtung Seehaus weitergefahren war, und warnte ihn vor, er solle sich in Stettin ein anderes Hotel suchen und weitere Anweisungen abwarten. Wer auch immer das verursacht hatte, war ihnen jetzt schon mindestens zwei Schritte voraus. Nichts und niemand war mehr sicher. Danach rief er seinen Einsatzleiter an und erstattete Bericht. Man musste umplanen und zusätzliche Ressourcen erschließen.

KUCKUCKSEI

Als der Einsatzleiter Nadja anrief und ihr den großen Auftrag anbot, war sie sehr glücklich. Das war eine Gelegenheit, wie man sie im Leben nur einmal bekam. Neben einer soliden Entlohnung war ihr auch ein Identitätswechsel und damit ein neues Leben angeboten worden, was neben der Befriedigung von persönlichem Ehrgeiz ein wesentlich größeres Geschenk darstellte.

Sie taufte das Projekt „Yaytso kukushki" oder liebevoll „Kuckucksei". Letztlich ging es darum, eine Bombe in einer Röhre zu plat zieren und auf eine weite Reise zu schicken. Dabei war noch kein Teil des Plans vollständig klar, nur das Ergebnis: eine Explosion auf dem Meeresgrund mitten in der Ostsee.

Nun hatte Nadja auch schon die Sprengausbildung hinter sich gebracht und dabei erfahren, dass der Tod als Gast bei solchen Aktionen ständig mit am Tisch sitzt. Vom Leben vorher nicht verwöhnt, war sie zwar Härte gewohnt und hatte gedacht, ihre neue Tätigkeit würde ihr bei guter Vorbereitung alle Möglichkeiten bieten, die ihr sonst im Leben verwehrt waren. Das stimmte auch schon irgendwie und ein Spiel mit hohem Einsatz zu gewinnen, war angenehm und schön. Andererseits war sie vor wenigen Tagen auch damit konfrontiert worden, dass ihre Tätigkeit auch einen hohen Preis einfordern konnte. Mittlerweile war sie sich gar nicht mehr so sicher, ob sie das auf Dauer auch mit in Betracht ziehen und damit leben konnte und wollte.

Früher in ihrer Familie hatte sie sich selbst oft als Kuckucksei gefühlt und war auch so behandelt worden. Nun bot ihr das Schicksal Gelegenheit, mit einem solchen Kuckucksei auch für sich persönlich einen großen Befreiungsschlag zu führen. Das war eine Win-Win-Situation, für alle Seiten. Es gab nur noch ein klitzekleines Problem: Niemand wusste eigentlich genau, wie das in der Realität anzustellen war.

Nadja vergrub sich für mehrere Tage in der Bibliothek und kam danach mit dem Entwurf eines solchen Szenarios und Sprengsatzes wieder, der überprüft und für gut befunden wurde, und sie begann die technische Umsetzung in einer Laube am Stadtrand zu realisieren. Das war auch der Moment, wo sie entdeckte, dass Studenten manchmal auch eine sehr einsame Tätigkeit haben und vor Bibliotheken gute Möglichkeiten existierten, mit ihnen ins Gespräch zu kommen und kurze heiße Flirts zu zweit oder zu dritt zu organisieren. Karla war dafür ebenfalls zu haben und die beiden Frauen waren mit ihrer Technik sehr erfolgreich. „Lebe jetzt, wenn Du kannst!", war ihr Motto. Jedenfalls besuchte sie die Bibliotheken der Stadt ausgiebig und regelmäßig, nicht nur zum Lesen.

Das führte Nadja dann eher durch Zufall an die Lösung des zweiten Teils des Problems heran. Als sie an einem namenlosen Frühjahrstag wieder einmal zwischen Bücherregalen stand, hörte sie im Nachbargang eine Diskussion zwischen der Bibliothekarin und einem Mann mittleren Alters. Es ging um eine Bestellung von Spezialliteratur für Pipelinetechnik - das war ihr persönlicher Lottogewinn.

Sie beschattete den Mann ein wenig und fand heraus, wie sein Name war und wo er wohnte, und dass er in der Tat in der Zielbranche arbeitete. Sie wusste, es kam sogar noch besser, denn einmal im Jahr wurden reale Drucktests von diesen Firmen vor Ort gefahren und dabei auch gleich das Rohrsystem mit automatischen Robotern gereinigt. Darum ging es bei der Recherche des Unbekannten. So ließ sich das Zugangsproblem lösen. Sie machte unauffällig ein paar Fotos, folgte dem Mann bis vor seine Wohnungstür in der Stadt und notierte sich die Namen von den Wohnungstürklingeln. Das war die gesuchte Gelegenheit.

Nadja gab diesen Vorschlag an ihren Einsatzgruppenleiter weiter und bat, die Identität eines potentiellen Kandidaten zu ermitteln. Eine Woche später wurde sie einbestellt und ihr Vorschlag für gut befunden. Ihr Chef schlug vor, genau diesen Mann anzuwerben und sagte: „Ich weiß nicht, wie Du es gemacht hast, aber das ist tatsächlich unser Mann. Wirb ihn an!" und er ergänzte nach kurzer Pause, „Mach es doch mit Karla zusammen, wie bei den Studenten." Nadja blieb kurz die Luft weg und sie entgegnete: „Woher weißt Du ...?" Ihr Chef zuckte nur mit den Schultern und sagte: „Wir sind der Geheimdienst." Dann senkte er wieder seinen Kopf und arbeitete ungerührt in seinen Unterlagen weiter.

Als sie das Haus verließ, lieh sie sich aus der Technikabteilung ein empfindliches Dip-Meter aus und reinigte ihre Wohnung. Es fanden sich vier Kameras und drei Mikrofone. Als sie es Karla erzählte, sagte diese nur: „Na, dann hatten diese Bürotypen wenigstens einen feuchten Tag." Von diesem Tag an wurde die Wohnung täglich auch mit dem neuen Messgerät geputzt, das die beiden Frauen nun in Dauerleihe genommen hatten. Aus Fehlern lernt man.

Vorschlag

An einem schönen Wochenende nach einer wunderbaren Nacht lag ich mit Nadja noch in den Federn. Ich machte ihr Komplimente und brachte für uns zwei Gläser Aperol, wie an unserem ersten Abend. Wir nippten an den Gläsern, küssten uns und schwiegen einen kleinen Moment, in dem jeder seinen eigenen Gedanken nachhing.

Unvermittelt fragte mich Nadja: „Was würdest Du eigentlich für mich tun? Würdest Du für mich töten?" Ich entgegnete: „Das sicher nicht. Aber ich würde für Dich vielleicht auf andere Frauen verzichten." Sie lachte hell auf, warf ihren Kopf leicht zurück und war sichtlich amüsiert. „Mal im Ernst, was würdest Du für mich tun? Welche verbotenen Sachen?", wiederholte sie etwas eindringlicher. Ich bemerkte, dass es hier um ein reales Problem gehen sollte, und fragte mehr aus Spaß: „Ist das der Moment, wo ich mich mit Fesseln, Latex und Leder beschäftigen sollte?" Erneutes Lachen und die Frage: „Wie weit würdest Du gehen?" „Weit." antwortete ich. Kurzes Schweigen, dann Nadjas Bemerkung: „Gut, ich erzähle Dir mal etwas, was Du bitte absolut für Dich behältst."

Ich nickte, wusste aber bereits, dass sie es mir nicht sagen würde, wenn sie von meiner Diskretion nicht absolut überzeugt gewesen wäre. Schließlich war Nadja eine Perfektionistin, wie sie im Buche stand. Was dann folgte, hätte gut in einen Kinofilm mit prominenten Darstellern und toller Musik gepasst.

Ich muss gestehen, ich hatte erst den Eindruck, Nadja wolle mir hier einen Bären aufbinden, aber nach den ersten Minuten des ungläubigen Staunens war ich geflasht und hörte nur noch zu. Ich fühlte mich wie in einem Actionfilm, realisierte dann langsam aber sicher, dass meine wunderschöne, zuckersüße Freundin eine echte Agentin war. Nach einer Weile ihres noch etwas unbestimmten Erklärens und einer kleinen Pause, die mir wie eine Ewigkeit vorkam, stellte ich dann die alles entscheidende Frage: „Was also soll ich konkret für Dich tun?".

„Es ist eigentlich ganz einfach: Du sollst etwas für mich in die Luft sprengen.", sagte sie, nahm mich in die Arme und gab mir einen Kuss, ehe ich etwas entgegnen konnte.

Imbissbuden & Hotels

Erich und Ronald trafen sich hungrig und übermüdet nach einer langen Nacht der Ermittlungsarbeit. Ronald hatte irgendwann im Büro aufgegeben und war mit dem Hund nach Hause gefahren. Das Tier war dankbar und nahm die am Abend eilends gekauften Leckerlis gerne an. Bis zu einer anständigen Mahlzeit am nächsten Morgen sollte das zumindest für den Hund reichen. Erich blieb noch im Büro und schaute sich Videos an, bis ihm die Augen zufielen. Er drückte irgendwann auf die Stop-Taste des Programms und schob die Tastatur unter den Bildschirm.

Dann legte er seinen Kopf auf die verschränkten Arme auf seinem Schreibtisch und schlief augenblicklich ein.

Geweckt wurde er von Ronald, der mit zwei duftenden Bechern Kaffee in der Tür des Büros stand, dann herein kam und einen davon wortlos vor Erich stellte. Erich stand auf, streckte sich ausgiebig und machte sich dann gierig und ebenfalls wortlos über das Getränk her. Er verbrannte sich die Lippen. Ronald wartete im Stuhl gegenüber, der normalerweise nur den zu befragenden Personen vorbehalten war, bis Erich sich wieder gefangen hatte. Der hatte noch mit dem Kaffee und dem Ziehen im Rücken von der unglücklichen Lage während der Nacht zu kämpfen, räkelte sich und rieb sich verschlafen die Augen.

Zur Identität des Pärchens war man noch nicht weitergekommen. Interessanterweise war jedoch der Mann mit Hund, der sie zu verfolgen schien, kein Unbekannter. Beim Gesichtsvergleich hatte die Scansoftware eine 92%ige Übereinstimmung mit einem hochdekorierten Major einer Einsatztruppe für Spezialeinsätze bei Kriegshandlungen erkannt. Sein Name war Viktor Krovar. Das hatte Erich aufhorchen lassen. Und noch ein Detail war ihm aufgefallen: Derselbe Mann, der auf den Aufnahmen zu sehen war, kam genau einen Zug früher am zeitigen Morgen desselben Tages auf eben diesem Bahnsteig an und wurde auch dort von den Überwachungskameras erfasst. Zwischenzeitlich tauchte er für einige Stunden nicht auf und war erst wieder etwa dreißig Minuten vor der Ankunft des nächsten Zuges auf Aufnahmen zu sehen. Die Zwischenzeit musste er also irgendwo in einem Restaurant oder Hotel in der Nähe sinnvoll überbrückt haben.

„Wieviele Hotels gibt es denn in der unmittelbaren Umgebung?", fragte Erich. „Zweiundzwanzig.", antwortete Ronald. „Na dann einen schönen Vormittag! Ich übernehme die Restaurants und Imbissbuden. Gegen Mittag treffen wir uns zum Essen und schauen, was wir haben", erwiderte Erich.

Jetzt war harte Knochenarbeit an der Reihe, aber beide hatten eine Affinität für die Jagd und konnten ihrem Job so einiges abgewinnen. Erich nahm sich die Imbissbuden vor und wurde tatsächlich bei einer der besseren fündig. Hier hatte sich der „Major", wie Ronald den hochdekorierten Kämpfer und Späher getauft hatte, ein Thüringer Würstchen mit Senf zu früher Stunde gegönnt. Das sprach für schnellen Imbiss zwischendurch, aber Erich wollte Ronald den Spaß bei der Ermittlung nicht nehmen und wartete das Mittagessen ab. In der Zwischenzeit hatte er fünfzehn Imbissbuden besucht, der Treffer war ihm bei Nummer Acht gelungen.

Ronald hatte sich geographisch von Süd nach Nord vorgearbeitet und war, wie Erich anerkennend bemerkte, auch recht erfolgreich gewesen. Der „Major" hatte sich in unmittelbarer Nähe des Hauptbahnhofes im Hotel einquartiert und noch am selben Tag einen Leihwagen über die Rezeption geordert. Er hatte dort unter dem Namen Franz Windemacher ein Zimmer gebucht und eingecheckt. Er war dem Personal an der Rezeption als sehr kultivierter Mensch mit ausgezeichneter Aussprache aufgefallen.

Nach dem Essen besuchten beide dann die Autovermietung, bei der sich der „Major" einen Mittelklassewagen einer schwedischen Firma ausgeliehen hatte. Erich war sichtlich erfreut, das zu hören. Als Ronald fragend schaute, sagte er nur: „Fahrassistenzsystem", zeigte seinen Dienstausweis und fragte nach dem GPS-Tracking des Wagens. „Im Moment steht der Wagen an einem Wäldchen in Greiffenberg.", war die Antwort des Angestellten des Autoverleihs und zeigte am Bildschirm die Position. Den beiden war nicht klar, was der „Major" gerade dort irgendwo im Nirgendwo zu schaffen hatte, aber sie würden es herausfinden. „Können wir bitte ein kontinuierliches Tracking der Position dieses Wagens an eine E-Mail-Adresse bekommen?", fragte Ronald. „Gerne in viertelstündlichen Intervallen und zusätzlich Echtzeit-Tracking, wenn sie sich die App herunterladen." entgegnete der Filialleiter. „Gut gemacht! Besorge einen Dienstwagen, wir fahren morgen früh nach Greiffenberg!", bemerkte Erich noch und schlug den Weg nach Hause ein, um noch ein wenig Schlaf nachzuholen. Ronald blieb erstaunt zurück. Er wusste auch: der morgige Tag würde sie beträchtlich weiter bringen. Was ihn erstaunt hatte war jedoch, dass Erich zum ersten Mal in ihrer gemeinsamen Zusammenarbeit etwas, wie ein kurzes Lob, zu seiner Arbeit geäußert hatte. Ein kleines Lächeln huschte über sein Gesicht, dann wandte er sich wieder den Angestellten des Autohauses zu.

FRAGEN

Nachdem Nadja mir den wahren Hintergrund ihrer Tätigkeit eröffnet hatte, tappte ich einige Stunden wie in Trance durch unsere gemeinsame Wohnung und sie ließ mir auch behutsam Zeit und Freiraum, diese Nachricht gemächlich zu verarbeiten.

Gegen Nachmittag kam ich langsam wieder zu mir und nach dem ersten „Wow"-Moment tauchten unendlich viele Fragen in meinem Kopf auf, die ich Nadja unbedingt stellen musste. So schlug ich vor: „Gehen wir spazieren, reden und essen dann etwas?". Sie nickte. Wir zogen uns an und schlenderten wortlos zu einem benachbarten Park.

Ich begann:

„Bin ich von Euch gezielt ausgesucht worden?" „Ja."
„Hat deine Freundin Karla auch für Euch gearbeitet?" „Ja."
„Für wen oder was arbeitet ihr?" „Das kann ich Dir jetzt noch nicht sagen.'"
„Aber ich soll etwas für Euch in die Luft jagen?" „Ja."
„Werden dabei Menschen zu schaden kommen?" „Nein. Das ist nicht vorgesehen. Es geht um Technik."
„Warum soll ich das tun?" „Tue es für mich."

„Liebst Du mich denn?" Hier entstand eine längere Pause, dann sah Nadja mich direkt an und sagte: „Ich denke ja." Ich schaute in ihre Augen und fragte zurück: „Und auf dieses - Ich denke, ja. - soll ich also etwas einfach in die Luft blasen?" und machte eine Explosionsgeste mit meinen Händen. Sie erwiderte: „Ich könnte hier sicher auch von Geld, einem sorgenfreien Leben, Neuanfang und anderen Dingen reden, die Du sicher alle gar nicht hören willst. Was ich Dir sagen kann, ist, dass Du der erste Mensch in meinem Leben bist, mit dem ich mir so etwas wie ein echtes Zusammenleben überhaupt vorstellen kann." Dann schwieg sie.

Mir traten kleine Tränen in die Augen, ich nahm Nadja in den Arm, sie drückte sich an mich und wir gingen schweigend weiter durch den Park. Nach einigen unendlich langen Minuten des Schweigens sagte ich zu ihr: „Ich mache es."

BRAND

Der „Major" war zwar schon am Abend des gestrigen Tages weiter nach Norden gefahren, hatte jedoch einige Zeit an diesem Ort verbracht. Deshalb lohnte sich ein kurzer Abstecher in den kleinen Ort. Was würden sie dort wohl finden?

Als Erich und Ronald am nächsten Vormittag nach Greiffenberg fuhren und bereits vor Erreichen der Windmühle die schwarze Rauchsäule am Himmel sahen, wussten sie genau, wohin sie fahren mussten. Feuerwehr, Polizei und weitere Einsatzkräfte waren reichlich zugegen und rannten auf dem Gelände äußerst zahlreich hin und her. Der Boden war vom Löschwasser matschig aufgeweicht und von dutzenden Leuten zertrampelt. Die Scheune - oder besser, die wenigen Bohlen der Holzkonstruktion, die das Feuer noch verschont gelassen hatte - standen schwarz verkohlt inmitten eines Schutthaufens aus Gebäudeteilen und Metallschrott aus diversen Ausrüstungsgegenständen. Dahinter befand sich in einiger Entfernung ein ausgebrannter Kleinwagen. Ein

Herzhäuschen nahebei hatte den Brand wie durch Zauberhand jedoch unbeschadet überstanden. Im angrenzenden Waldstückchen qualmte es noch. Kurz gesagt, hier hatte jemand ganze Arbeit geleistet, für die Ermittler ein Desaster zur Aufklärung.

Erich und Ronald stellten sich der Einsatzgruppe als Spezialermittler vor und baten, sich umsehen zu dürfen. Ronald übernahm die Scheune, Erich das ausgebrannte Auto. Es war kein schöner Anblick, denn am Steuer saß eine fast bis zur Unkenntlichkeit verkohlte Person. Diese sollte gerade aus dem Auto geborgen werden. Erich bat noch um einen Moment Geduld, machte Fotos und untersuchte die Leiche. Dass es sich um einen Autounfall mit schweren Folgen handelte, war auszuschließen. Der Wagen machte eher den Eindruck, als sei er ordentlich hier abgestellt worden und es steckte auch kein Schlüssel im Zündschloss. Der Tankdeckel stand offen und verkohlte, angeschmolzene Reste eines Seils waren noch in der Öffnung zu erkennen. Auch die Haltung der Toten war eher unnatürlich. So, als hätte man sie nur im Auto postiert. Einige Merkmale sprachen für eine Frau, wenngleich das erst die Gerichtsmedizin vollständig klären konnte. Um ihren Hals hing eine ausgeglühte Edelstahlkette mit einer Kompassrose als Anhänger an einem kleinen runden Spezialkarabiner. Erich öffnete auf seinem Handy das Bild des jungen Pärchens vom Bahnhof und erkannte Parallelen bei der Statur und einen kleinen Anhänger von eher ungewöhnlicher Fertigung an der Frau. Was auffiel, war, dass sich einige Finger an beiden Händen und ein Arm in unnatürlichen Positionen befanden. Es hatte den Anschein, als ob diese Gelenke ausgerenkt oder gebrochen worden waren, was ebenfalls nicht im Einklang mit der sitzenden Haltung der Toten stand. Ronald kam in diesem Moment von der Scheune herüber und fragte: „Das Pärchen vom Bahnhof?". Erich antwortete, „Ja, wahrscheinlich zumindest die Frau. Mit einer Anzahl von unnatürlichen Knochenbrüchen."

Beide Männer wussten, was das bedeutete, sie hatten es schon des Öfteren gesehen und tauschten verstehende Blicke aus: Der „Major" hatte dieser Frau hier wohl einen Überraschungsbesuch abgestattet, den sie nicht überlebt hatte. Bald hatten sie die erste Sichtung beendet und überließen die weitere Arbeit den Einsatzkräften. Als beide sich schon zum Weiterfahren anschickten und Ronald ihr Auto wieder gestartet hatte, fiel ihm auf dem GPS Schirm ihres eigenen Wagens ein Detail auf , das beide bis jetzt übersehen hatten und er sagte zu Erich: „Verdammt! Das Auto des „Majors" stand doch auf der anderen Seite des kleinen Wäldchens." „Dann sollten wir heraus finden, wo das genau war.", entgegnete dieser. Von der Landstraße aus gab es einhundert Meter weiter eine kleine Abfahrt auf einen Feldweg. Diese nahmen sie, hielten etwa 100m vor der Speicherposition an, und gingen von dort aus zu Fuß weiter.

BUCHHANDLUNG

Nadja teilte mir kurz nach unserem Gespräch im Park mit, dass Ihr Einsatzleiter mich sehen und in Augenschein nehmen wolle, bevor eine konkrete Zusammenarbeit zustande kommen könne. Sie machte mit ihrem Handy ein biometrisches Foto von mir, bat mich um einen geschriebenen unleserlichen Krakel mit ‚D' am Anfang und schickte mir zwei Tage später den Termin mit kurzem Kommentar aufs Handy: „Treffen Sergej, Dienstag 17:00 Uhr, Persisches Café Charlottenburg, bin mit dabei". ‚So sieht es also aus, wenn man Agent wird.', dachte ich und trug mir den Termin in meinem Kalender ein. Der Tag rückte näher, und ich war mit der Zeit doch sehr aufgeregt, was mich erwarten würde.

Einige Zeit später saßen Nadja und ich dann in dem Persischen Café - das gleichzeitig eine Buchhandlung war - zwischen mannshohen Bücherregalen, an denen eine Leiter lehnte, in einer wohnzimmerähnlichen Umgebung. Wir saßen genau in der Ecke am

Fenster, in der keine Überwachungskamera hing. Nadja bestellte uns zwei „Sharbat" - ein gelbes, persisches, nicht-alkoholisches Cocktailgetränk mit Orange und Safran - bei der kompetenten Bibliothekarin, die uns sehr freundlich bediente, aber ansonsten komplett in Ruhe ließ, und wir warteten. Um Punkt fünf Uhr betrat ein mittelgroßer, untersetzter, muskulös gebauter Mann mit Igelfrisur das Café. Nadja stellte mir den Mann als Sergej vor, der mich freundlich begrüßte, als würden wir uns bereits eine Ewigkeit kennen. Er stellte eine ökogerechte braune Papiertragetasche in die Ecke am Fenster neben den Tisch und sagte: „Die Tasche nimmst Du nachher mit, das ist Dein neues Leben. Dein erster Auftrag ist auf dem Telefon." Danach unterhielten wir uns gemeinsam mit Nadja über meine Tätigkeit und Sergej plauderte eloquent wie ein alter Freund, ging nach einer halben Stunde wieder, sah sich beim Gehen vor der Tür nochmals aufmerksam und war weg. „Und das war es jetzt?", fragte ich. „Fürs Erste, ja, die Aufgaben kommen erst noch.", erwiderte Nadja.

Zu Hause packte ich die Papiertragetasche aus und fand eine Bank- und Kreditkarte einer amerikanischen Bank, ein Handy, einen Zettel mit Passwörtern für beides und einen amerikanischen Pass mit meinem Bild und meiner Unterschrift. Das Alles ausgestellt auf den Namen „Liam Davis". „Im Ernst jetzt: Liam?", fragte ich Nadja. Sie lächelte und sagte: „Ich dachte Du würdest es mögen und es ist hundertmal besser als „James"." Ich schmunzelte, insistierte nicht weiter und nahm es als gegeben hin.

Bewährungsprobe

Mein erster Auftrag hieß: „Beschaffe alle Informationen über Reinigungsmolche aus deiner Firma!". Hier waren meine Technik-Kenntnisse gefragt: Ich sollte Aufnahmen von den Bauplänen mit meinem neuen Handy im Flugzeugmodus aufnehmen. Das Problem war, dass die mechanische Technikseite von einem meiner Kollegen bearbeitet wurde und nicht von mir selbst. Glücklicherweise war dieser Arbeitskollege ein Stoiker, dem seine Mittagspause heilig war, die er mit großer Zuverlässigkeit genau 30 Minuten einhielt, um in einer nahegelegenen Kantine essen zu gehen. Das war also eine eher einfache Aufgabe. Trotzdem schwitzte ich Blut und Wasser, als ich mein erstes Foto in einem fremden Büro schoss, und hatte hinterher immer noch hektische rote Flecken im Gesicht. Als ich nach 25Minuten fertig war und mich wieder aus seinem Büro schlich, traf ich ihn eine Biege weiter im Gang und er grüßte freundlich. Ich nickte zurück, denn gerade brachte ich überhaupt kein Wort heraus. Es wurde damit jedoch besser und ich gewann so etwas wie Übung im Verrat und hatte bald alle Unterlagen zusammen. Diese lieferte ich bei Nadja ab, die mich für meine Fortschritte über den grünen Klee lobte und mich dafür mit intensiver Zuneigung bedachte.

Als ich eines Tages nach Hause kam, in froher Erwartung auf ein gemeinsames Abendessen mit Nadja die Haustür aufschloss, bemerkte ich plötzlich einen Schatten hinter mir. Ehe ich mich umdrehen konnte drückte mich ein Mann mit roher Gewalt in den Hausflur, presste mich an die Wand und stellte nur eine Frage: „Für wen arbeitest Du?" Gleichzeitig drückte er mir den kalten Stahl einer Pistole seitlich an den Kopf . Der Angreifer wiederholte seine Frage und ich beteuerte, ich wüsste gar nicht, worum es hier ginge und sagte, wenn er Geld haben wolle, solle er es aus meiner Börse nehmen. Der Mann erwiderte barsch: „Augen zu!". Das tat ich und mir schoss durch den Kopf, das dies für mich wohl eine sehr kurze Karriere im Agenten-Beruf war, bevor ich als Leiche in einem Zinksarg in die Pathologie gebracht werden würde. Ich erwartete meinen Tod, aber nichts passierte. Als die Haustür ins Schloss fiel, öffnete ich die Augen und blieb schwer atmend einige Minuten stehen, bevor ich mich wieder gefasst hatte. Ich befürchtete das Schlimmste und rannte die Treppe zu unserer Wohnung hoch, schloss auf und stürzte ins Wohnzimmer. Nadja saß auf der Couch und las. Ich rief: „Ich wurde eben überfallen! Wir sind in Gefahr!" Sie erwiderte seelenruhig: „Nein, das heute war dein Test.". Ich musste ziemlich dümmlich geschaut haben. Nadja wusste offensichtlich davon. Sie wusste aber auch genau, wie man sich nach einer solchen Situation fühlt, lächelte mich beruhigend an, küsste mich und sagte: „Wir essen später.". Danach hatten wir Sex miteinander wie nie zuvor.

IDEEN

Sergej hatte sich mit Wladimir in einem Golfclub in Binow unweit von Stettin, aber weitab von der Marina, verabredet. Beide umarmten sich herzlich. „Das mit Karla ist schlimm.", sagte Wladimir, der von der Vorliebe Sergejs für diese Frau wusste. „Lass uns überlegen, wie wir das Schwein erwischen, das das gemacht hat!", erwiderte Sergej. Beide schauten einen Moment schweigend aus dem riesigen Fenster ihres Zimmers, das den Blick auf die pittoreske Landschaft mit den grünen Hügeln des Golfclubs öffnete.

„Wir müssen davon ausgehen, dass unser Gegner alles von unserem Treffpunkt in Stettin und uns weiß.", meinte Wladimir.

„Dann sollten wir überlegen, was er wissen und nicht wissen kann, das ist der Schlüssel.", sagte Sergej. Vom zweiten Lager und von Plan B wusste der Gegner nichts, denn Konstantin und Karla waren hier nicht involviert worden. Diese Bereiche waren zunächst sicher und mussten sicher bleiben. „Kontakt zunächst nur noch über mich!", sagte Sergej. Beide waren sich sicher, dass der Gegner alles über die Yachtanmietung wusste. Nun saß er in der Marina wie die Spinne im Netz und wartete auf weitere Opfer. Tragisch war, das sie buchstäblich nichts über die Identität des Gegners wussten. Das musste sich ganz schnell ändern.

„Ideen?", fragte Sergej. „Ja. Vielleicht hat er noch Karlas Handy. Dann kriegen wir ihn oder sie vielleicht.", entgegnete Wladimir. „Haben wir die Arbeitsoveralls und die Besen noch im Auto?", fragte Sergej. Wladimir nickte. „Mich kann er zusammen mit Karla bereits gesehen haben, ich werde also etwas mehr Maskerade benötigen", setzte Sergej hinzu.

SEEHAUS

Krovar hatte von der jungen Frau erfahren, dass das Team einen Sprengstoffanschlag von einem Boot aus plante und von Stettin aus in See stechen wollte. Den Namen des Bootes "Maria" und den Tag des Treffens hatte er ebenfalls erfahren. Wie gewohnt hatte er das Handy der Toten mitgenommen, entsperrt und schaltete es in der Stadt abseits seiner Unterkunft in der Nähe der Marina für kurze Zeit ein, um es auf neue Nachrichten zu checken. Er las: „Bist Du gut in der Marina angekommen? Ist alles klar zur Übernahme der Ladung? Sehe Dich morgen Abend um 17:00 Uhr in der Marina im alten Seehaus. Gruß S". Er antwortete dem unbekannten Schreiber: „Ja, werde in der Marina sein. Alles klar zur Übernahme. Wir sehen uns dann. Bis Morgen. Gruß K" und war mit dieser Entwicklung sehr zufrieden.

Krovar war schon am frühen Nachmittag in der Marina und suchte sich einen Sitzplatz in „Beates Taverne", zur Beobachtung, nachdem er einen Rundgang durch das Gelände gemacht und im Büro des Hafenmeisters nach verfügbaren Yachten gefragt hatte. Von hier aus konnte er den Hafenbereich gut einsehen und nahm alle Bewegungen im Marinabereich vom einzigen Eingangstor - an der Slipanlage auf der anderen Seite des Hafenbeckens - gut wahr. Wer auch immer zum alten Seehaus wollte, musste hier vorbeikommen. Viele Angestellte hatte die Marina nicht. Abgesehen vom Hafenmeister in seinem Büro an der Slipanlage und einem Studenten, der sich auf dem Steg langweilte, um ankommende Boote in die Liegeboxen zu lotsen, gab es nur noch zwei leicht verwahr-

lost aussehende Hilfsarbeiter, die im einge-
zäunten Bereich die Mülltonnen und Papier-
körbe ausleerten und die Wege und Rasen-
flächen mit lustlosen Bewegungen reinigten.
Bis zum Treffen waren noch zwei Stunden
Zeit. Diese wollte Krovar nutzen, um von hier
aus die Marina gut abzuchecken. Viel Be-
trieb gab es heute nicht. Es war Mitte der
Woche und der Tauschtag für Charteryachten war in dieser Marina segeltypisch auf
den Samstag festgelegt. So waren bis jetzt
nur zwei Eigneryachten angekommen, deren
Crews sich nach dem kurzen ersten Anleger-
schluck in die Stadt zum Bummel verholt
hatten. Auch die Yacht „Maria", der Krovars
spezielles Interesse galt, war noch auf einer
Charterfahrt und lag nicht im Hafen. Krovar
wollte sich gerade noch einen entspannten
Kaffee gönnen, als ein einzelner Mann mit
Hund die Marina betrat und so langsam wie
neugierig durch die Anlage auf das Seehaus
zu spazierte. Krovar nahm sein Fernglas zur
Hand und schaute sich den Mann, der so
offensichtliches Interesse an der Marina
hatte, genauer an. Besonderheiten fielen ihm
nicht auf, aber etwas in seinem Inneren sagte ihm, dass er diesen Mann schon einmal
gesehen hatte. Er suchte sich einen Steh-
platz im Hintergrund und ließ den Mann
nicht mehr aus den Augen. Dieser bog noch
einmal zu den Steganlagen ab und sprach
kurz mit dem Studenten, der mit seiner Hand

auf die Taverne und das Seehaus wies. Dann kam der Mann mit seinem Hund direkt an der Taverne vorbei, betrachtete den jetzt leeren Außenbereich mit den Tischen und das kleine Restaurant, und ging danach direkt auf das Seehaus zu. Krovar hatte hinter einer kleinen Trafoanlage Deckung gesucht, um nicht frühzeitig gesehen zu werden. Inzwischen erinnerte er sich auch, wo er den Mann bereits gesehen hatte. Als der Unbekannte das Seehaus betreten hatte, folgte er ihm mit ruhigen, umsichtigen Schritten.

NACHRICHT

Als wir zwei gerade im Café bei einem Nachmittagspäuschen saßen, bekam Nadja eine Meldung auf dem Handy und entschuldigte sich für einen Moment zum Telefonieren, stand auf und ging in die benachbarte Parkanlage. Als sie nach wenigen Minuten zurückkehrte, war sie leichenblass und Tränen standen ihr in den Augen. Ich fragte, was los sei. Sie antwortete: „Nicht jetzt und hier." und drängte mich zum baldigen Gehen. Ich bezahlte an der Kasse und wir liefen in den benachbarten Park. „Karla ist tot.", sagte sie dort ganz unvermittelt. Das traf auch mich wie ein Schlag und ich zuckte zusammen. Ich nahm Nadja fest in meine Arme. „Was ist passiert?", fragte ich. Nadja weinte und flüsterte: „Sie wurde umgebracht und verbrannt." Ich erfuhr noch von Nadja, dass Ihr

Freund kurz zuvor ebenfalls ums Leben gekommen war. Das setzte dem Ganzen die
Krone auf und machte mir ungeschönt bewusst, auf was für eine Sache ich mich hier
tatsächlich eingelassen hatte. Die ganze Aktion war im Wortsinn brandgefährlich. Nadja
nahm meinen Schutz in Anspruch und weinte
weiter leise in meinen Arm. Nach einer Weile
trocknete sie ihre Tränen ab. Ich half ihr dabei. Dass auch Wasser in meinen Augen
stand, bemerkte sie erst in diesem Moment
und wir trösteten uns eine Weile gegenseitig.

„Ist die Sache jetzt vorbei?", fragte ich. Ich
wusste, damit griff ich nach dem Strohhalm
eines Auswegs. Nadja schüttelte jedoch den
Kopf und sagte: „Nein, wir werden dich mehr
denn je brauchen. Nur, unser Plan hat sich
geändert." Zu Hause beschrieb sie mir dann
die Konsequenzen von Karlas Tod. Der ur-
sprüngliche Plan sah vor, dass Nadja und ich
die Aktion mit den Reinigungsmolchen zu
zweit erledigen sollten. Karla und ihr Freund
waren für einen anderen, noch gefährliche-
ren Einsatz vorgesehen gewesen. Nun musste Nadja anstelle von Karla einspringen,
denn nur die beiden Frauen waren direkt für
den Einsatz ausgebildet worden. Der Einsatzleiter von Nadja hatte neue Leute ange-
fordert und ich sollte mich in den nächsten
Tagen mit meinem neuen zweiten Mann, einem gewissen Wladimir, treffen, um das wei-

tere Vorgehen abzustimmen. Ich war sehr beunruhigt die Sache nicht mit Nadja zusammen durchziehen zu können, aber sie beruhigte mich und sagte, ihr Kollege sei sehr erfahren und würde sie sehr gut ersetzen. So konnte sie meine Bedenken zumindest etwas zerstreuen. Die Befürchtung blieb, ich hätte mich hier auf eine Sache eingelassen, die mindestens zweieinhalb mal zu groß für mich selbst sei und wahrscheinlich in einem Desaster enden würde. So redete sie mir gut zu und bedachte mich mit zahllosen Streicheleinheiten. Es würde schon klappen und uns würde danach eine gemeinsame Zukunft in Wohlstand winken. Ehrlich gesagt war mir das alles gar nicht wichtig. Wichtiger war mir stets das Zusammensein mit ihr gewesen und das sagte ich ihr auch. „Was soll es, das Leben ist Veränderung!", sagte ich zu mir, um mir selbst Mut zu machen.

AUSWAHL

Erich und Ronald waren nach dem Zwischenstopp die „A11" weiter Richtung Norden gefahren. Das GPS-Signal befand sich jetzt schon längere Zeit in Stettin nördlich eines kleinen Flugplatzes. Hier stand der Wagen des „Majors" auf einem Parkplatz vor einem Industriegebäude, genau zwischen den zwei Marinas der Innenstadt. Von dem Mann keine Spur. „Der Flugplatz fällt als Ziel wohl aus, oder?", bemerkte Ronald. Erich bejahte. Sie hatten zwar das Fachbuch über Flugzeugtriebwerke gefunden, aber dieser Flugplatz war zu klein, um als wirkliches Ziel gelten zu können, und die Überreste der Ausrüstung in der Tenne sprachen auch mehr für einen Bootsausrüster. Nun gab es die Auswahl zwischen zwei oder sogar drei Steganlagen. „Wir müssen uns aufteilen, damit wir wissen, wo er steckt. Er könnte hier überall sein.", meinte Erich und setzte fort: „Ich fange rechts an, Du nimmst die in der Mitte, wir treffen uns bei der kleinen Hafenanlage ganz links. Wer den „Major" gefunden hat, ruft sofort an. Keine Alleingänge!" Beide Männer machten sich in unterschiedliche Richtungen auf den Weg. Ronald nahm den kleinen Hund mit, der bereits nach dem nächsten Baum Ausschau hielt. Es war dringend. Dann spazierte er mit dem Hund in das große Einfahrtstor hinein und auf das Gebäude des Hafenmeisters zu. Ein kurzer Schwatz konnte nicht schaden. Er beschloss, seine Identität noch nicht preiszugeben, und erkundigte sich erst einmal nach verfügbaren Charteryachten und Bedingungen für das Anmieten und dem Verbleib von Haustieren an Bord. Als der Hafenmeister ein Prospekt dafür im Nebenraum holen ging, fotografierte er schnell mit seinem Handy den Belegungsplan der nächsten Monate ab, um die Daten später abzuchecken. Dann nahm er das Dokument zum Chartern und die kleine Broschüre mit Bildern von Yachten entgegen, bedankte sich und fragte noch, wo man größere Mengen von Ausrüstungsgegenständen regensicher lagern könnte. Er wurde mit Preisangabe auf das alte Seehaus verwiesen. Er sagte, er wolle es sich bitte kurz ansehen und bekam einen kleinen Schlüssel im Tausch gegen einen Geldschein als Pfand für die nächsten Stunden ausgehändigt.

Viel war in der Marina gerade nicht los. Ein Student am Steg wartete auf Ankömmlinge. Diesen befragte Ronald auch unauffällig und bekam heraus, dass eine Crew von vier Mann sich bereits mit einigen Kisten im Seehaus eingemietet hatte. Der „Major" war nirgendwo in der Anlage zu sehen. Nur eine Putzkolonne fegte in einiger Entfernung lustlos den Hafenbereich und selbst die Bedienung in dem kleinen Bistro langweilte sich augenscheinlich und spielte mit ihrem Handy. Er ging zur Tür, schloss auf, klinkte und stand in einer Halle, die im vorderen Bereich links eine offene Werkstatt und rechts eine kleinen Ketten-Flaschenzug besaß. Im mittleren Bereich gab es an jeder Seite je drei sehr geräumige Verschläge mit gemauerten Wänden und Holzgittern mit Vorhängeschlössern an jeder Seite, von denen zwei bereits gut gefüllt waren. Ganz hinten befanden sich ein Schrotthaufen und diverse Entsorgungscontainer an einem separaten Ausgang in einem

größeren Bereich. Er spähte durch die Holz-
gitter in die verschlossenen Räume, konnte
aber in den ersten nichts Verdächtiges ausmachen. Der zweite Raum der rechten Seite
jedoch sah sehr vielversprechend aus: Hier
waren Tauchausrüstung und einige größere
Kisten gelagert, die eine genauere Überprüfung verdienten. Einer der Räume war un-
verschlossen und er schaute sich den Raum
kurz an. Der Hund schlug an, als er gerade
mitten im Raum stand. Er beruhigte ihn mit
ein paar Worten und streichelte das kleine
Tier. Als er sich aufrichtete und gerade wieder zum Gehen wenden wollte, stand er
plötzlich unmittelbar dem „Major" gegenüber, der jetzt unmittelbar vor ihm stand.
Dieser lächelte ihn an und sagte: „Dzień dobry". Ronald lächelte zurück und wollte geistesgegenwärtig etwas entgegnen, als er
plötzlich einen stechenden Schmerz in der
linken Brust verspürte. Er schaute verwundert nach unten und sah, dass ein Butterfly-
messer in seiner Brust steckte, dann brach
er zusammen und fiel lautlos in die Arme des
„Majors", der ihn schnell auf den Rücken leg
te, damit nicht zu viel Blut auf den Boden
rann.

ZUSATZPLAN

Nadja war nicht erbaut, dass sie Karlas Job
aus Plan A übernehmen sollte. Als ich fragte,
sagte sie mir, es bestünde eine reale Mög-

lichkeit, bei diesem Himmelfahrtsunternehmen drauf zu gehen. Die Übung, die sie vorhatte, erforderte viele Stunden Unterwasserarbeit und sie gab zu, davor Angst zu haben, was bei einer so furchtlosen Frau wie ihr schon einiges aussagte. Ich fragte: „Was macht dir am meisten Angst?" Sie erwiderte: „Das lange Tauchen in der Tiefe." „Dann brauchen wir einen Plan C, der genau das vermeidet.", erwiderte ich und wir überlegten gemeinsam, wie das aussehen könnte, um für sie die Chancen eines guten Ausgangs zu erhöhen.

Nadja war jetzt anstelle von Karla für Plan A mit Tieftauchen und Sprengsätzen eingeteilt. Plan B war mein Part, wenn Plan A aus irgendeinem Grund nicht klappen sollte. In diesem Fall sollte ich eine explosive Rohrpost aufgeben. Problematisch war in beiden Prozessen die Zündung, das Timing, die Koordinierung beider Teams und deren Sicherheit mit unterschiedlichen Nebenbedingungen. Zudem war ein großer Teil der vorhandenen Tauchausrüstung in Flammen aufgegangen oder wie im Fall des Spezialsprengstoffes explodiert. Es war nicht klar, ob der verbleibende Sprengstoff für den Einsatz noch reichen würde und zwei Teammitglieder waren bereits bei der Aktion gestorben und mussten jetzt durch brandneue Leute ersetzt werden. Wobei das Wort „brandneu" hier noch einen faden Beigeschmack hatte. „Wieviele Leute bekommen wir denn noch?", fragte ich. Nadja sagte mir, ihr Einsatzleiter hätte von zwei Kampfschwimmern und einem Arzt zur Betreuung gesprochen. „Und insgesamt geht es also um vier Sprengungen?", konstatierte ich. Die Bilanz war ernüchternd. Wenn erst Plan A ausgeführt werden sollte, dann Plan B, hieß das, keiner der beiden Pläne hatte einzeln ausgeführt wirklich Aussicht auf Erfolg. „Nadja lass uns die beiden Pläne nehmen und einen Plan C daraus machen, der funktionieren kann.", schlug ich vor.

Drei Stunden später waren wir mit den noch vorhandenen technischen Mitteln ein Stück weiter gekommen. Ich hatte ein bisschen gerechnet und konnte so Sprengstoff sparen, aber die gesamte Tauchzeit war immer noch sehr lang.

Als wir gerade nicht weiter kamen,sagte ich zu Nadja: „Komm lass uns eine Pause machen und zwischendurch einen warmen Tee trinken!" „Der Abend wird noch lang, ich nehme einen Earl Grey.", entgegnete sie. Ich ließ langsam Wasser vom Hahn in den Kocher laufen und pfiff mir ein kurzes Liedchen dazu. „Sonar! Das ist es!", sagte sie in diesem Augenblick. Eben wollte ich entgegnen, dass mein Pfeifen hoffentlich doch nicht ganz so schlimm gewesen war, aber sie klärte mich auf, dass Sonar-Zünder vielleicht die Lösung für unser Problem sein könnten. Zwei weitere Stunden später und lange nach Mitternacht hatten wir ein Konzept und Nadja sagte mir, sie würde den Vorschlag ihrem Einsatzleiter unterbreiten.

Als wir dann mit dem ersten Licht des Morgens zu Bett gingen, sagte sie zu mir: „Danke für deine Hilfe! Weißt Du, früher hätte ich über diesen Job gar nicht nachgedacht, aber langsam merke ich, dass ich noch etwas anderes in meinem Leben machen muss." Dann schaltete sie das Licht aus und küsste mich kurz, bevor wir uns müde in unserem Bett aneinander kuschelten.

Zu spät

Erich brauchte in der Marina im Innenstadtbereich etwa zwei Stunden zur Überprüfung. Interessanterweise konnte man sich hier an das Pärchen vom Berliner Hauptbahnhof erinnern, nicht jedoch an den „Major" oder andere Personen. Die beiden hatten sich vor einiger Zeit nach einem Segelboot, Typ „Bavaria Cruiser 50" mit dem Namen der bildschönen äthiopischen Königstochter „Andromeda" erkundigt. Sie waren jedoch unverrichteter Dinge wieder abgezogen und zwei junge Männer hatten die Jacht vorgestern für eine Langfahrt gechartert und die Absicht geäußert, von hier aus über Rügen und Rostock die sogenannte „Dänische Südsee" befahren zu wollen. Die Yacht war noch am selben Tag ausgelaufen. Im ausgehenden Sommer ein beneidenswertes Unterfangen, dass sich Erich auch gut für sich selbst vorstellen konnte. Gedankenverloren blieb sein Blick auf einem bunten Werbeplakat im Flur der Marina hängen.

Irgendwann kurz nach seinem Eintritt in den Ruhestand hatte er die Absicht, mit genau so einem Boot eine längere Reise zu unternehmen. Dafür schwebte ihm die Südsee mit weißen Stränden, Palmen und türkisfarbenem Wasser vor. Einen Moment ließ er sich von diesem Bild einfangen und tragen, ehe er sich wieder der Realität zuwandte und einen Blick auf seine Armbanduhr warf. Es ging schon auf Nachmittag zu und Ronald hatte sich noch nicht gemeldet.

Erich beschloss, ihn zu einem späten Mittagessen abzuholen und dann gemeinsam die dritte Marina zu besuchen. Er brauchte noch gut eine halbe Stunde zu Fuß bis zum Eingang der zweiten Marina. Der Wagen des „Majors" stand immer noch auf der Chaussee kurz vor der Slipanlage an seinem Fleck.

Als er den Haupteingang fast erreicht hatte, kam ihm ein grauer Sprinter mit zwei Arbeitern in Warnwesten entgegengefahren. Er sah ihnen nach, bog dann rechts in die Toreinfahrt der Marina ein und ging geradewegs in das Hafenbüro, um nach seinem Kollegen zu fragen. Der Hafenmeister wies ihm den Weg entlang des Ufers zum Seehaus und zum Restaurant. Erich wollte sich gerade freuen, hier mit seinem Kollegen noch zu einem späten aber ordentlichen Imbiss zu kommen, als sein Blick durch das Fenster auf die Bänke der Uferpromenade fiel. Am Papierkorb an der zweiten Bank saß ein kleiner Terrier, der dort angebunden worden war und auf sein Herrchen wartete.

Erich beschlich ein ungutes Gefühl. Er griff zu seinem Handy und rief die örtliche Polizei an. Dann instruierte er den Hafenmeister, er solle am Tor die Ankunft der Polizei abwarten. Schließlich erbat er noch den Schlüssel für das Lagerhaus, band den Hund vom Papierkorb los, entsicherte seine Waffe und lief in Richtung der Steganlagen zum Seehaus.

ENTDECKT

Wladimir und Sergej hatten das Treiben am Seehaus aus einiger Entfernung beobachtet. Die Tarnung als Reinigungskraft, zwei ranzige alte Perücken und eine hornige Brille erfüllten ihren Zweck. Nun waren Sie mit ihrer überdimensionalen Schubkarre für Gartenabfälle schon fast bis an die Tür des Lagerhauses gefahren. Sergej kam das Gesicht beider Männer, die in das Gebäude gegangen waren, bekannt vor. Er hatte beide vermutlich schon einmal irgendwo in Berlin gesehen. Das bestärkte ihn, der Sache hier auf den Grund zu gehen.

„Wollen wir noch warten bis die Armee an-rückt, oder regeln wir das jetzt und hier?", fragte Wladimir. Sergej griff ohne große Hast unter seine Warnweste, zog leise seinen Revolver aus dem Halfter heraus und schraubte den B&T-Schalldämpfer langsam auf die Waffe, die er dann auf dem Rücken unter der Weste wieder in seine Hose steck-te. Wladimir öffnete den Holster, der sein Messer hinter dem Rücken sicherte. Sergej öffnete vorsichtig und langsam die Tür und beide gingen mit ihren Besen in die Halle und schauten sich dabei unauffällig nach den zwei Männern um. Hinter ihnen fiel die Tür wieder ins Schloss. Aus der hinteren dunklen Ecke kam in diesem Moment einer der Män-ner mit einem Hündchen locker in Richtung Tür geschlendert. Der zweite Mann war nicht zu sehen. Wladimir und Sergej gingen vorsichtig einen Meter weiter auseinander, so dass der Mann sie in der Mitte queren musste und sie kein einfaches Ziel bildeten. Dieser lächelte sie an und grüßte in perfek-tem Polnisch mit einem „Dzień dobry!" und hob eine Hand mit zwei Fingern zu einer imaginären Hutkrempe.

In diesem Moment fiel Sergej schlagartig wieder ein, wo er den Mann gesehen hatte: Es war am Hauptbahnhof in Berlin gewesen und dort hatte der Mann tatsächlich einen Hut und ein Hündchen gehabt.

„Cześć!" grüßten beide zurück und Sergej nickte dabei fast unmerklich mit dem Kopf, als der Mann sie gerade passiert hatte.

Alles Weitere spielte sich in wenigen Sekundenbruchteilen ab. Sergej und Wladimir drehten sich um, bereit, sich dem Gegner von hinten zu stellen. Dieser war jedoch nicht untätig und wirbelte unmittelbar nach der grüßenden Geste mit hoher Energie herum, traf Sergej mit einem Tritt am Unterschenkel und mit einem zweiten in die Weichteile. Während Sergej zu Boden ging, ergriff der Fremde gleichzeitig den Kehrbesen, drehte sich weiter und landete einen Schlag mit dem Besenstiel bei Wladimir, der ihn entwaffnete und ihm sein Messer aus der Hand schlug. Bei der nächsten Drehung wurde er dann von einem kräftigen Hieb zu Boden geschlagen, der sogar den Besenstiel splittern ließ. Sergej hatte sich inzwischen auf allen Vieren mühsam aufgerichtet, griff auf den Rücken zu seiner Waffe und schoss, bevor ihm der Fremde den restli chen Holzpfahl in die Seite rammen konnte. Erst die zweite Kugel traf den Fremden tödlich und konnte ihn endgültig stoppen.

Wladimir und Sergej waren schwer angeschlagen und richteten sich langsam aneinander auf. „Wo ist der zweite Mann?", fragte Sergej. „Was für eine Kampfmaschine ...", entgegnete Wladimir, der noch immer benommen war. Der Schlag hatte ihm schwer zugesetzt und die Haut auf seinem linken Wangenknochen aufplatzen lassen. Nun breitete sich eine starke Schwellung auf seiner linken Gesichtshälfte aus

Beide orientierten sich kurz in der Halle. Das Gelände sichern war jetzt angesagt. Das Hündchen hatte sich während des Kampfes aus dem Staub gemacht und war in den hinteren Teil der Halle zu der Stelle gelaufen, wo einige Müllcontainer herum standen. Der zweite Fremde war nach kurzem Check der Lagerräume an beiden Seiten immer noch nicht zu sehen. Sergej humpelte zur Hallentür, drehte den Schlüssel um und steckte ihn in seine Tasche.

Wladimir durchsuchte den toten Fremden, schaute kurz auf ein kleines Plastikkärtchen, steckte es dann zurück und schleifte ihn zusammen mit Sergej zu den Containern, wo der Hund aufgeregt und kurz knurrend hin und her lief. Als sie die Container checkten, sagte Wladimir: „Nach dem anderen Mann brauchen wir nicht mehr zu suchen." und deutete in einen der Container. Sergej sah kurz hinein und sagte: „Unsere Sachen müssen sofort weg von hier. Hol den Transporter."

VERSTÄRKUNG

Nadja hatte eine verschlüsselte Botschaft von Sergej erhalten. Sie sah aus wie eine wirre Zahlenreihe.

„Und was steht da?", fragte ich. Sie warf mir einen zerlesenen Kriminalroman aus ihrem Regal auf den Tisch und sagte: „Lies es selbst - immer Seite, Wort, Seite, Wort... Nur wer das Buch hat, kann es dechiffrieren." Ich las:

„Killer tot - Plan genehmigt - Nachrichtendienst an Euch dran - Funkstille zwei Wochen - Verstärkung kommt"

Das Buch zum Entziffern hieß „Der Würger in Rot". Mit anderen Worten: ein Buch, das niemand sonst ein zweites Mal las, die Methode war einfach und sehr effektiv.

Wir hatten eine schöne gemeinsame Zeit und bastelten unterdessen in dem kleinen Gartenhaus, das Nadja im Berliner Umland angemietet hatte, beschaulich unsere Sonarbomben zusammen. Die Funktion der Zünder testeten wir an beziehungsweise in einem malerischen Waldsee in der Nähe von Berlin. Nebenbei bereitete ich die jährliche Revision der Röhrensysteme in meinem Unternehmen wie gewohnt vor. Nadja baute in dieser Zeit ein modulares System für die Bomben zusammen, das sich besser transportieren und

verbergen ließ, aber mit wenigen Steckver-
bindern aus der Hifi-Technik voll einsatzfä-
hig gemacht und mit dem Zündsystem ver-
bunden werden konnte. Den Zusammenbau
probte ich mit einer Stoppuhr und kam auf
1 Minute 45 Sekunden für das Scharf-ma-
chen.

Es waren die ersten Septembertage, als wir
mit den Vorbereitungen zur Revision und
Nadjas Bastelarbeit fertig waren. Wir genossen die Spätsommertage am Müggelsee im
Südosten Berlins, liegend auf zwei großen
Badetüchern und mit reichlich Sekt und
Aperol ausgerüstet. Die Sonne stand schon
etwas tiefer, aber die Sonnenuntergänge an
der sogenannten „Borke", einem Ausflugslo-
kal am See, waren nach wie vor spektakulär
und schön. Sie ließen bei uns an jedem
Abend etwas Südseefeeling aufkommen. Nadja saß in einem der Liegestühle und sah mit
ihren halblangen Haaren und dem hellblau-
en Bikini hinreißend aus. Die Abendsonne
zauberte an Wellen gespiegelte orangerote
Reflexe auf ihre Haut, die in einem wilden
Tanz den Abend verzauberten. Durch eine
kleine hölzerne Kiste getrennt, auf der unsere Getränke standen, saß ich in einem Liege-
stuhl an ihrer Seite und konnte einfach nicht
den Blick von dieser zauberhaften Frau lassen. „Was machen wir, wenn das alles hier
vorbei ist?", fragte ich sie. „Einfach leben.",

war ihre Antwort, bei der sie mir intensiv in die Augen blickte. Dann griff sie ihr Glas und schaute schweigend in Richtung der untergehenden Sonne, bis diese hinter den Häusern am weit entfernten Seeufer dunkelrot zu den vom Restaurant an jedem Abend eingespielten Jodelgeräuschen - einem Werbegag des Restaurantbesitzers - untergegangen war. Die Musik verstummte und schweigend begrüßten wir die anbrechende Nacht. Ich wollte in diesem Moment nirgendwo anders sein, als hier.

Anfang September war es dann soweit. Die Nachricht zum Aufbruch kam von Sergej und Nadja fuhr mit dem Zug in Richtung Rostock, wo sie die anderen treffen sollte. Ich brachte sie noch zum Zug. Wir standen dicht beieinander und tauschten gegenseitig kleine Streicheleinheiten aus. „Mach Deine Sache gut! Ich baue auf Dich.", sagte sie. „Komm gesund wieder!" sagte ich, dann stieg sie in den Zug. Ich blieb noch auf dem Bahnsteig und sah ihr nach, bis der letzte Wagen mit den roten Lichtern außer Sicht war, und ging dann erst langsam zur Rolltreppe. Was mich selbst noch erwarten würde, wusste ich nicht.

ROSTOCK

Als der Zug aus dem Bahnhof rollte und ihr Geliebter langsam außer Sicht geriet, hatte Nadja ein sehr seltsames Gefühl. Ja, sie hatte diesen Mann angebaggert, aufgerissen wie ein Carepaket und beeinflusst, bis er alles machte, was sie von ihm wollte. Darin hatte sie wirklich Erfahrung. Aber zum ersten Mal in ihrem Leben war da noch etwas anderes als bisher. Als sie darüber nachdachte, wurde es ihr bewusst: Es war so etwas wie Geborgenheit und Familie. Ein Begriff, der ihr in dieser Form noch nicht untergekommen war und bisher bei ihr auch eher negativ besetzt gewesen war. Je mehr sie jetzt darüber nachdachte, umso mehr wurde ihr klar, dass sie sich in diesen Mann verliebt hatte. Kontrollverlust hasste Nadja abgrundtief, aber hier war es anders: Sie gab Kontrolle ab, aber gewann dafür etwas für sie Neues und Einzigartiges dazu – Vertrauen. Als sie gedankenverloren aus dem Zugfenster auf die offene, flache Landschaft draußen blickte, sah sie im Fenster für einen kurzen Moment ihr eigenes hübsches Gesicht als Reflex in der Landschaft, wie in einem Spiegel. Sie lächelte.

Der Zug glitt durch Mecklenburg-Vorpommern auf die Hafenstadt an der Ostseeküste zu. Die Hanse- und Universitätsstadt empfing sie mit ihrem nordisch-kühlen Flair und einem diesig-verhangenen Himmel. Mit Hamburg konnte diese Hafenstadt natürlich nicht mithalten, aber auch hier gab es unzählige Schiffe, die täglich anlandeten oder den Hafen wieder verließen. Beim ersten Blick auf die Stadt sah man neben vielen Neubauten auch noch einige erhalten gebliebene Häuser der alten Hanse und die drei charakteristischen Kirchtürme, die sich vom morgendlich diesigen Himmel abzeichneten. Frische salzige Luft wehte Nadja um die Nase, die hier nach ihrer Ankunft kurz inne gehalten hatte, bevor sie mit dem Vorortzug nach Warnemünde zur Marina an der Hohen Düne aufbrach. Eine frische Brise ließ sie kurz schauern und weckte sie vollends auf. Jetzt galt es, sich auf die vor ihr liegenden Dinge zu konzentrieren, denn eigene Selbstkontrolle war jetzt überlebenswichtig. Etwa eine halbe Stunde später kam sie in Warnemünde an der Fähre an, die sie auf die andere Seite der Warnow und zur Marina brachte. Hier war die Warnow-Ausfahrt zur Ostsee, die alle Schiffe von Rostock aus passieren mussten, und es herrschte reger Schiffsverkehr.

Die Marina befand sich an der östlichen Seite der mit Wellenbrechern aus Steinquadern befestigten Uferspitze der Hohen Düne, genau an der roten Laterne, die die Einfahrt nach Rostock markierte. Hinter der Marina schloss sich ein schöner Sandstrand an, der auch im September noch von zahlreichen Badegästen besucht wurde. Die Fähre war entsprechend voll. Nadja ging zusammen mit den anderen Fahrgästen von Bord der Autofähre, lief dann aber den Parkweg zur Marina entlang. Die Yacht war schon am Steg angekommen, aber die Luke zum Niedergang war noch verschlossen.

Als sie zum Restaurant vor den Steganlagen lief und dort nachsah, fand sie Sergej mit drei Männern, alle mittleren Alters, an einem Tisch am Fenster. Sergej stellte die drei als Ion, Daniel, und Wenzel vor. Ion und Daniel besaßen eine muskulöse, eher untersetzte Statur. Das waren offensichtlich die Kampfschwimmer, die zur Verstärkung des Tauchteams vorgesehen waren. Wenzel war neben diesen Athleten ein eher normal gebauter, aber dennoch gut durchtrainierter Mann. Er war ein erfahrener Sportmediziner, der die Betreuung des Einsatzes übernehmen sollte. Die drei grüßten Nadja freundlich-distanziert. Sergej fing es geschickt an und sagte: „Leute lasst uns erst mal etwas essen, dann reden wir später an Bord über die nächsten Tage." Das entspannte die Situation und alle hatten Gelegenheit, die anderen vor der gemeinsamen Aufgabe für sich abzuchecken. Nadja, die sonst immer als Motivator der Einsätze auftrat, war dieses Mal deutlich zurückhaltender. Sie taute erst während des Essens langsam auf und fand zu ihrer normalen Form zurück. Sergej hatte es bemerkt, sagte jedoch kein Wort, und beide tauschten nur gelegentliche Blicke aus. Nach dem Essen schlenderte die Crew dann langsam zum Schiff und jeder verstaute seine Sachen in der ihm zugewiesenen Koje.

Das Schiff hatte fünf Einzelkabinen, zwei vorne, zwei hinten und eine in der Mitte steuerbords vom Niedergang. Nadja war die Backbordkabine achtern vorbehalten. Sergej hatte die zweite Heckkabine belegt. Die beiden Bugkabinen wurden von Daniel und Ion genutzt und Wenzel war in die Mittelkabine eingezogen. Um die technische Ausrüstung zu verladen, hatten die Männer bereits den späten Abend des Vortages genutzt. Zu diesem Zeitpunkt war die Marina ruhig, das Verladen des sehr speziellen Equipments stellte kein Problem dar und geschah unbemerkt vom Parkplatz aus. Mit einer Plane über dem Transportwagen und mehreren einzelnen Verladeschritten fiel die große Anzahl der Tauchausrüstungen auch nicht so auf. In jeder der Kabinen war so eine Ausrüstung deponiert worden. Die sonst übliche Menge an Verpflegung für Langfahrten wurde durch kleine Einzelpakete mit hochenergetischer Nahrung ersetzt, die sich platzsparend verstauen ließen. Der Platz in Bugskisten, dem großen Aufenthaltsraum, Schränken und jeder nur denkbaren anderen Ecke war der Technik vorbehalten. Der Sprengstoff sollte erst später aufgenommen werden, war dann in kleiner Packungsgröße vorhanden und konnte bis zum Zusammenbau unter den Bodenbrettern und am Kiel untergebracht werden, Zünder und Sonartechnik in den Schränken. Die großen Bojen wurden oben an Deck in der Nähe des Dingis vertäut.

Am Nachmittag kam noch einmal kurze Aufregung in die Gruppe, denn die Polizei checkte hier die Pässe und Papiere. Ein freundlicher Beamter bat, an Bord kommen zu dürfen, und wurde auf dem hinteren Deck von Ion, dem offiziellen Skipper des Bootes, empfangen. Alle holten ordentlich ihre Pässe aus ihren Kojen und schauten der Kontrolle interessiert zu. Da alle Pässe gefälscht waren, war das gleich der Check für andere Überprüfungen. Es gab nichts zu beanstanden und der Beamte nickte freundlich zum Abschied, was mit einem entspannten Lächeln kommentiert wurde. Nach zwanzig Minuten war die Polizei wieder vom Steg verschwunden, fuhr weiter und Ruhe kehrte wieder in der Marina ein.

Nach dem finalen Check der Packliste war am Abend noch genug Zeit für ein ordentliches Essen. Morgen sollte es dann in aller Frühe losgehen. Nadja war etwas schneller auf dem Boot fertig als die Männer und wartete auf dem Steg auf sie, als ein älterer Mann mit buntem Hemd mit einem kleinen Terrier an der Leine auf dem Steg auf sie zukam und sagte, er müsse eine so hübsche Frau einfach mal ansprechen, ob sie auch hier im Urlaub sei? Sie erfuhr, dass der Name des Skippers, dessen Boot einige Boxen weiter lag, Erich sei und er zur Dänischen Südsee segeln wolle. Nadja erzählte etwas vom Fischen und Tauchen in der Ostsee. Dann kamen die anderen, sie entschuldigte sich bei dem Mann und ging mit zum Essen.

ERICH

Erich klinkte die Tür zum Seehaus auf und lief in die Halle hinein. Durch die im oberen Bereich der Halle angebrachten Fenster fiel abendliches Licht in das Gebäude und erhellte den Fußboden. Er schaltete zusätzlich das Deckenlicht ein und lief langsam in den Innenraum hinein. Im Zwielicht zwischen Licht und Schatten widmete er besonders dem Fußboden seine Aufmerksamkeit. Hier sah es aus, als ob jemand in großer Eile zu Gange gewesen war, die Halle zu beräumen. Die Reifenspuren eines gummibereiften Fahrzeugs mit einer Achse und Fußspuren zweier Turnschuhpaare waren auszumachen.

Als er die Spuren mit seiner Handykamera fotografierte, zog ihn der Hund behutsam in Richtung Hallenmitte. Als er dort angekommen war, wedelte der Hund erwartungsträchtig mit dem Schwanz und machte dort Platz. Erich schaute genauer und entdeckte dort ein Detail, das ihn aufmerken ließ: Es war die Spur eines Sneakers mit einem kleinen Riss im Staub des Bodens. Dieses Detail wurde fotografiert. Erich erinnerte sich noch gut, wo er diesen Fehler an einem Schuh schon einmal gesehen hatte. Dazu kamen Blutspritzer am Boden, die Erich mit seiner kleinen UV-Lampe daneben klar ausmachen konnte. Hier sah es aus, als hätte ein kurzer aber heftiger Kampf stattgefunden. Indessen lief der Hund immer noch aufgeregt mit kleinen Schritten hin und her, drängte Erich durch Ziehen an der Leine in den hinteren Teil der Halle und stoppte dort vor einigen Müll- und Recycling-Containern.

Erich schaute hinein. In einem derselben befanden sich zwei Leichen. ‚Der Hund hat einen guten Riecher‘, dachte Erich und schaute etwas näher in den Container.

In diesem Moment erkannte er Ronald, atmete schwer und erstarrte für einen Augenblick. „Warum er und nicht ich?", fragte er sich für einen Moment. Vor einigen Jahren hatte er eine unglückliche Beziehung zu einer Frau durchlebt, die seinen Ehrgeiz und Lebenswillen deutlich beeinflusst hatte. Dabei hatten sie sich beide gut verstanden. Seine ständige Abwesenheit, der Steppenwolf-Charakter und Ehrgeiz bei der Lösung seiner Fälle hatten jedoch letztendlich dazu geführt, dass sich seine Partnerin für Männer mit mehr Hingabewillen entschieden hatte und ihn dann links liegen ließ. Sein verletztes Ego, gepaart mit einem Schuss unkontrollierter Eifersucht, die in einer Schlägerei mit dem neuen Freund seiner Frau Ausdruck fand, hatte dann zum endgültigen Zerwürfnis geführt.

Etwas später hatte Erich dann sogar eigene Selbstmordgedanken entwickelt, diese aber nach einiger Zeit der langsamen und zähen Verarbeitung des Trennungsschmerzes selbsttätig überwunden. Den Hinweis seines Vorgesetzten, sich psychologische Hilfe zu holen, hatte er zu diesem Zeitpunkt weit von sich geschoben. Irre waren andere und nicht er. Nun lag sein Kollege, der zwei Dutzend Jahre jünger war als er, hier als Müll entsorgt im Container. Das war schlimm und ungerecht, sagte er sich, und dachte erneut an seine Zeit der Todessehnsucht. Er wusste heute, es war ein Fehler gewesen, die Sache nicht richtig aufzuarbeiten.

In diesem Moment kam die polnische Polizei mit großem Aufgebot zur Hallentür herein und beendete seine Grübelei. Er hob seine Hände und zückte ganz langsam mit zwei Fingern seinen Dienstausweis aus der oberen Jackentasche.

PUMPSTATION

Meine Reisetasche stand bereits gepackt in Nadjas und meiner Wohnung. Ein paar Tage zuvor hatte Wladimir zusammen mit mir die Selbstbau-Bomben aus dem Gartenhäuschen geholt und in einen weißen Transporter verpackt. Dieser war ein exaktes Abbild des Autos der Pumpstation, jedoch noch ohne das entsprechende Logo des Unternehmens. Die Logos wurden als selbstklebende Folie vorbereitet und mitgeführt. Anschließend an das Beladen wurde noch vor Ort eine perfekt passende Trennwand in den Transporter geschraubt, die die explosive Zuladung komplett verschwinden ließ. Danach wurde der gesamte Laderaum mit Reinigungslösung und Chlorkalk behandelt, der den Innenraum wie ein Schwimmbad riechen ließ. So vorbereitet sollte der Transport zum Zielort hoffentlich ohne Probleme gelingen. Wladimir wollte noch Ladung aufnehmen, für die sämtliche Papiere vorhanden und in Ordnung waren. Dieser Ballast wurde dann unterwegs unweit des Zielortes abgeliefert. So erregte der Transport kein weiteres Aufsehen.

Ich wünschte Wladimir gute Fahrt und Ankunft. Er hatte sich vor kurzem irgendwo eine üble Verletzung im Gesicht zugezogen. An einer Stelle war sogar die Haut aufgeplatzt und würde eine nicht sehr schöne Narbe zurücklassen. Ich fragte ihn lieber nicht, bei welcher Gelegenheit das passiert war. Jetzt war er fort und ich verschloss die Tür der kleinen Hütte mit einem leicht wehmütigem Gefühl und der Gewissheit, hierher sicher nie wieder zurückzukehren.

Einige Zeit später ging auch mein Flug - in mehreren Stationen über einige Hauptstädte nach St. Petersburg - und anschließend etwas mehr als 150 km zum Hotel in dem kleinen Städtchen an der Luga, wo die zwei großen Rohrleitungen angeschlossen waren, deren Zustand ich überwachen sollte. Diese liefen einige Kilometer weiter relativ unspektakulär in der Narva-Bucht ins Meer. Hier sah die Anlage aus wie eine Autopiste für Unterwasserfahrzeuge, die geradewegs ins Meer hinein lief und dort verschwand. Die Pumpstation, in der sich die Flugzeugturbinen, die die enorme Verdichtung des Gases auf 172 bis 220 bar für den weiten Gas-Transport durch die Ostsee bewerkstelligten, befanden, lag einige Kilometer östlicher von diesem Punkt.

Vom Hotel war es nur ein Transfer von einigen Minuten mit dem Auto bis zum Verdichter-Gebäude auf dem Firmengelände. In der Regel holte mich der diensthabende Techniker von der kleinen Pension ab und wir fuhren gemeinsam zu den einzelnen Stationen. Der Posten am Gelände kontrollierte uns morgens beim Hineinfahren sehr gut, danach bei weiteren Durchfahrten am Tor nur mit einem kurzem Blick. Darauf und auf der Regelmäßigkeit der zeitlichen Planung der Wartungsarbeiten basierte letztlich unser ganzer Plan.

OBDUKTION

Das gleißend weiße Licht der überdimensional großen LED-Operationslampen warf einen hellen Schein in die Mitte des Saales der Pathologie, wo die beiden Leichen aus dem Container auf den Tischen in der Mitte lagen. Am Rand war die übrige Beleuchtung gelöscht worden, so dass die grauen Fliesen der Wände zu den Kühlaggregaten hin in dunkleren Schattierungen und der Dunkelheit verschwanden. Der Pathologe hatte seine Arbeit soeben beendet und gab Erich, der den Raum betrat, einen kurzen Abriss seiner Beobachtungen. Erst hatte es ausgesehen, als ob beide Männer zusammen von mindestens zwei Tätern umgebracht worden waren. Dann hatte der Pathologe die Verletzungsmuster und weitere Indizien gesammelt und herausgefunden, dass der junge Mann von dem älteren umgebracht wurde, der seinerseits die Tat selbst nicht lange überlebt hatte. Zwischen beiden Ereignissen konnten nur einige Minuten gelegen haben. Diese hatten jedoch ausgereicht, den jüngeren Mann zu durchsuchen und dann schnell zu entsorgen. Der ältere Mann war mit zwei Schüssen getötet worden, wobei erst der zweite wirklich letal gewesen war. Wer im zweiten Fall der Täter war, blieb unklar. Der andere Tote konnte es nicht sein, denn er hatte seine Pistole überhaupt nicht abgefeuert. Der Einschusswinkel sprach für eine sehr tiefe Schussposition des Schützen, fast wie bei einem Kind, oder aus einer hockenden Position heraus.

Erich schaute sich zuerst seinen toten Kollegen und das Einstichloch an. Hier hatte jemand mit absoluter Präzision getötet. Das sprach wahrscheinlich für den „Major" als Täter. Dieser war dann anscheinend bei der Durchsuchung selbst überrascht worden. Abschürfungen an seinen Händen und Verletzungen an den Füßen sprachen für einen Kampf, der stattgefunden hatte, und bei dem der „Major" schlussendlich selbst erschossen worden war. Ronald hingegen zeigte keinerlei Kampfspuren und schien von seinem Mörder eher überrascht worden zu sein.

Erich schaute sich die Schuhe des „Majors" an und fand wonach er die ganze Zeit gesucht hatte: Einen kleinen aber auffälligen Defekt in der rechten Schuhsohle des Toten. Interessant war auch, dass sich der Dienstausweis von Ronald noch ordentlich verstaut in einer Jackentasche des „Majors" befand. Das ließ nur einen finalen Schluss zu: Der Mann mit dem Messer, der Ronald getötet hatte war mit einiger Sicherheit der „Major" gewesen. Ronald und er hatten sich irgendwo in der Lagerhalle Auge in Auge gegenüber gestanden, was seinem Kollegen zum Verhängnis geworden war. Der Tote in Prag ging mit relativer Sicherheit auch auf das Konto des „Majors".

Aber wer hatte dann diesen eiskalten Killer seinerseits kaltgestellt? Abgesehen von den zwei Einschusslöchern war der Körper des „Majors" nahezu unverletzt. Hier lag ein nackter, absolut muskulöser und durchtrainierter Mann im Licht der OP-Lampe vor ihm, der neben zahlreichen bereits länger vernarbten Verletzungen, die einem Flickenteppich nicht unähnlich sahen, nur minimale aktuelle Läsionen an Händen und Schienbein hatte. Das bestätigte den Eindruck eines kurzen Kampfes mit Todesfolge.

Erich versuchte, sich an die Lagerhalle und die Situation zu erinnern. Er musste im zweiten Fall wahrscheinlich von mehreren Tätern ausgehen. Sicher hätte kaum ein einzelner Mann gegen diesen erfahrenen Kämpfer eine Chance gehabt, zumal dieser augenscheinlich erfolgreich ausgeteilt hatte. Darüber hinaus hatten sich Bruchstücke eines Besens in der Halle befunden, an denen noch Blut und Gewebereste einer Person hafteten, die laut Analyse keinem der beiden Toten zuzuordnen waren. Einer der Täter hatte also den

Besen abbekommen und ein zweiter aus knieender Haltung von der anderen Seite geschossen, was den Schluss zuließ, dass der zweite vielleicht auch schon einmal vorher zu Boden gegangen war. Der „Major" hatte also ordentlich Schläge verteilt, aber war hier auf zwei andere harte, durchtrainierte Kämpfer gestoßen, die ihm letztlich überlegen waren.

Die Spuren in der Halle waren jedoch an vielen Stellen von Reifenspuren verwischt und in aller Eile beseitigt worden. Hier wurde also noch etwas gelagert, was unentdeckt bleiben sollte und einen schnellen Abtransport verlangte. Die schnelle und eher unprofessionelle Entsorgung der Leichen, bei der keine Zeit für eine nähergehende Untersuchung der beiden Toten seitens der Täter blieb, ließ den Schluss zu, dass dort etwas sehr Wichtiges gelagert worden war. Das es galt, vordringlich zu sichern. Was war es nur, das hier zwei Leben gekostet hatte?

Erich beschloss, sich den Lagerraum nochmals anzusehen und auch das sichergestellte Auto des „Majors" einer näheren Prüfung zu unterziehen. Er bedankte sich beim Pathologen für die gute Arbeit. Bevor er sich zum Gehen wandte, sah er nochmals kurz auf den nackten und blassen Körper seines Kollegen, der in der kalten Beleuchtung wie aus Alabaster geformt zu sein schien, atmete tief durch und ging.

ABLEGEN

Die Crew hatte die Nacht vor dem Ablegen bereits an Bord ihres Schiffes verbracht, das für die nächsten Tage Verkehrsmittel und Behausung für die Mannschaft sein sollte.

Nadja hatte noch eine ganze Weile wach gelegen, hatte dann unruhig geschlafen und war auch noch während der Nacht aufgewacht. Es war eng in ihrer Koje. Sie lag direkt neben ihrer eigenen Tauchausrüstung, dem Neoprenanzug und den Druckflaschen. Ihre persönlichen Sachen hatte sie im Bordregal in kleinen Packsäcken untergebracht, die halfen ihr, hier im Chaos etwas Ordnung zu halten, und ihr Seezeug lag zusammengerollt an ihren Füßen. Sie schaute aus dem länglichen Bullauge in das nächtliche Dunkel, die Lampen der Marina, und lauschte den Schiffs- und Hafengeräuschen sowie dem beständigen Glucksen des Wassers am Bootsrumpf nach.

Um sich selbst machte sie sich eigentlich keine Gedanken. Nadja liebte das Abenteuer und die Herausforderung. Das waren die Momente, in denen sie ihr intensives Bedürfnis nach Leben richtig auskosten konnte und ehrlich gesagt, liebte sie diesen Nervenkitzel. Sie dachte an ihren Freund. Er hatte

eine ebenso gefährliche Aufgabe übernommen, war aber eher der unerfahrene, ruhige,
ausgleichende Charakter. Wie würde er sich
machen? Würde er die Herausforderung
wirklich annehmen und wie würde es ihm
damit gehen? Viele Fragen, wenig Antworten. Irgendwann, als es schon etwas heller
wurde, schlief sie wieder ein.

Am Morgen, um sieben Uhr, kam Nadja etwas schwer aus der Koje und hatte das Be-
dürfnis nach einem Frühstück mit richtigem
Kaffee und einer heißen Dusche. Als sie mit
Zahnbürste, Waschbeutel und Handtuch aus-
gestattet aus ihrer Kabine kam, waren die
Männer schon sämtlich aktiv. Der Arzt sor-
tierte gerade sein Equipment auf dem
Fußboden und verstaute Spritzen, Kanülen
und Tabletten griffbereit in die Ecken und
Schwalbennester seines Raumes. Sergej saß
am großen Tisch des Hauptraums über einer
Karte für die erste Etappe der Fahrt. Als er
Nadja bemerkte, schaute er sie kurz an und
sagte: „Fertig werden, Frühstück um acht,
Ablegen um neun!" „Aye, aye Käpt'n!", gab
Nadja als Meldung zurück, was mit einem
leisen Lächeln von ihm quittiert wurde. Sie
stieg den Niedergang hinauf und grüßte die
anderen Männer, die an Bord das Schiff kla-
rierten und das Backstag für die Reise nach-
spannten und verzog sich in die Dusche.
Punkt acht Uhr saßen Skipper, Crew und

Nadja, perfekt gestylt und geföhnt, am Frühstückstisch. Sergej sagte in der ihm typischen kurz angebundenen Art: „Ablegen, wie geplant, Einweisung auf See, lasst es Euch schmecken!" und das Frühstück konnte beginnen. Nadja genoss den letzten Kaffee für die nächsten Tage, denn um die gesamte Ausrüstung verstauen zu können, musste auf größere Annehmlichkeiten verzichtet werden und aus Sicherheitsgründen verbot sich später offenes Feuer und Kochen an Bord. Schließlich saßen sie ja buchstäblich auf einem Berg Sprengstoff. Um das gesamte Material zum Tauchen und zum Arbeiten unter Wasser gut verstauen zu können, wurden der vordere und hintere Wassertank auch nur zur Hälfte befüllt. Das reichte zum Trinken, aber nicht zum Waschen - aber man war ja ohnehin stundenlang im Wasser.

Als die Crew gemeinsam zum Schiff zurücklief, stand Erich wieder auf dem Steg und lächelte Nadja breit an. Er sagte, er wolle sich vor der Abreise noch von einer so schönen Frau verabschieden und tauschte noch einige nette Freundlichkeiten mit Nadja aus, die versuchte, sich möglichst flott zu verabschieden. In österreichischer Manier und mit einem klassischen „Küss die Hand, gnädige Frau!" nahm er Nadjas Hand, deutete einen Handkuss an und ging dann über den Steg seiner Wege. Nadja blieb noch eine Sekunde verwundert stehen, hatte ihr der Mann doch noch zum Abschied unauffällig einen kleinen Zettel zugesteckt. Diesen beschloss sie nach dem Ablegen anzusehen und steckte ihn in die Tasche ihrer blauen Skinny-Jeans.

„Na, ein neuer Verehrer?", spottete Daniel, der gerade das Landstromkabel aufrollte und verstaute. Nadja nickte schmunzelnd. Alle gingen an die eingeteilten Posten, der Motor wurde gestartet, es gab ein seemännisch kurzes Kommando: „Leinen los!" und die Yacht glitt mit der vorgeschriebenen Hafengeschwindigkeit aus der Einfahrt der Marina auf die offene See hinaus.

ABWEHR

Als Krovar den Dienstausweis des erstochenen Mannes gefunden hatte, schickte er sofort Ivan Petrowitsch eine Nachricht auf eine anonyme Mailadresse. Sie lautete: „Autonome Gruppe plant Sprengstoff-Attentat auf Versorgungsstruktur. Taucheinsatz geplant. Genaues Ziel noch unklar, wahrscheinlich auf der Ostsee oder an Küste lokalisiert. Zwei Mitglieder (Mann, Frau) bereits eliminiert. Zwei weitere noch in Fahndung. Geplanter Ausgangspunkt Marina an der Ostseeküste. Abwehr-Beamter ebenfalls auf der Spur der Gruppe, wurde von mir am Depot der Gruppe mit eliminiert. Marina Stettin, Seehaus ist Depot der Gruppe (Halle, 2. Box rechts). Heiße Räumung vor Ort heute. Weitere Ausweichdepots in anderen Häfen erwartet, Rasterfahndung und Infiltration ist zwingend notwendig."

Dann schleifte er den leblosen Körper zu den Containern, hievte die Leiche hinein und schloss den Deckel. ‚Schon wieder eine heiße Räumung', dachte er bei sich und hielt Ausschau nach brennbarem Material oder Flüssigkeiten, wurde hier aber nicht fündig. Als er sich gerade zur Suche in den vorderen Teil der Halle aufmachte, um etwas Brennbares zu finden, hörte er das Geräusch der kleinen Lagertür an der Stirnseite der Halle und sah die beiden Kehrarbeiter hereinkommen.

"Mist!", murmelte er leise in sich hinein. Zum Verstecken war es zu spät und das hintere Tor der Halle war verschlossen, wie er bereits wusste. Krovar entschloss sich, der Sache mit Dreistigkeit zu begegnen und lief direkt auf die beiden Arbeiter zu. Als er ihnen näher kam, lächelte er freundlich. In diesem Moment fiel ihm ein kleines Detail an den Arbeitern auf: Die Schuhe passten einfach nicht zur Arbeit und den Arbeitsanzügen der beiden. Sie waren für diese Art von Arbeit viel zu leicht und ungeeignet. Diese Männer waren keine Putzkräfte.

Er grüßte und schaute sich dabei den Mann mit dem Besen links von ihm genauer an, denn er erinnerte sich, diese Art von Gang schon einmal gesehen zu haben. Die Männer grüßten zeitgleich zurück und öffneten eine Schneise, durch die er hindurch musste. Krovar erkannte in diesem Moment hinter der Hornbrille die Augen des Mannes vom Bahnhof. Im selben Augenblick griff der Mann rechts mit einer Hand an seinen Rücken. Krovar sah: Er konnte einem Kampf aus ungünstiger Position heraus nicht mehr ausweichen. Selbst zuerst zu handeln, war jetzt die einzige Möglichkeit, um den Kampf noch für sich zu entscheiden. Krovar wandte sich etwas in Richtung des Mannes mit dem Besen. Nun waren sie gleichauf und ihm blie ben nur noch Sekundenbruchteile. Er handelte.

ZETTEL

Es war Zeit, sich für die nächsten Aufgaben bereit zu machen. Nachdem an Bord alle Fender und Taue verstaut waren, ging Nadja in ihre Kabine und zog sich für den Einsatz auf See um. Der Zettel ihres älteren Verehrers geriet in ihre Hände, sie faltete ihn auf und las. Es befanden sich weder eine Telefonnummer noch eine Adresse oder andere erwartete Angebote an eine hübsche Frau darauf. Auf dem Zettel stand nur ein in sorgfältiger Handschrift niedergeschriebener Satz: „Achtung, Verräter an Bord.". Nadja wurde blass. Was sollte sie tun und wem konnte sie noch trauen? Wer war dieser fremde Mann, der sich Erich nannte, wirklich? Und warum hatte er diesen Zettel geschrieben?

Nadja hörte, wie Sergej sich für die Bordeinweisung bereit machte, ging hinaus zu ihm und bat um ein kurzes privates Gespräch mit ihm auf dem Vorschiff. Da alle Luken an Bord zum Ablegen geschlossen wurden, war dort die beste Möglichkeit mit ihm zu reden. Als beide am Bug nahe dem Vorstag standen, gab Nadja Sergej unauffällig den Zettel. „Von wem hast du ihn?", fragte er zurück. Sie berichtete von dem Mann am Steg, den sie für einen harmlosen Verehrer gehalten hatte.
Sergej zog seine Augen zusammen und in seinen Augen blitzte etwas bisher nicht Gekanntes sehr Angsteinflößendes auf. Nadja lief ein kurzer kalter Schauer über den Rücken.

„Zu keinem ein Wort, wir reden später! Setz dich in den Niedergang und bleib da für die nächste halbe Stunde sitzen.", flüsterte er ihr zu, knüllte den Zettel zusammen und warf ihn in einem kleinen Bogen nach Lee über Bord. Er ging nach achtern, ließ das Boot kurz unter Maschine in den Wind drehen und rief die Crew zum Segelsetzen an Bord. Nun ließ er das Boot unter Segeln nach Backbord abfallen und wies an, auf Kurs in Richtung Leuchtfeuer Darßer Ort zu gehen.

Danach bat er nacheinander alle Männer an Bord zu sich und gab jedem einzeln seine Einweisung, während die anderen mit Steuern und Segeln beschäftigt waren. Nadja hatte sich währenddessen in den Niedergang mit Blick achteraus gesetzt und genoss die Aussicht, während die Männer sie jeweils kurzzeitig von ihrem Platz vertreiben mussten, um zu Sergej zu gelangen. Die Stimmung an Bord war gut und alle genossen das Segeln bei achterlichem Wind. Als letztes war sie an der Reihe und ging hinunter zu Sergej zur Sitzecke im Aufenthaltsraum.

„Pass auf", sagte Sergej, „wir können nicht alle drei gleichzeitig überwachen und wissen auch noch nicht, wer der Maulwurf ist. Also lösen wir das Problem mit einer angepassten Informationsstrategie." Dann erläuterte er Nadja das weitere Vorgehen. Alles musste gelöst sein bevor sie im Zielgebiet eintrafen, denn waren sie beide erst einmal unter Wasser, dann waren sie auf Gedeih und Verderb auf die anderen angewiesen.

Zum Abschluss des Gespräches drückte er Nadja unter dem Tisch noch ein kleines Bündel, in ein Handtuch eingewickelt, in die Hand und sagte zu ihr: „Hellcat Micro, 9mm, elf Schuss, geladen im Holster. Einsatzfähigkeit überprüfen." Sie nickte und ging mit dem Bündel unauffällig zum Durchladen in ihre Kabine.

MAULWURF

Ivan Petrowitsch ließ den neuen Mann zu sich kommen. Die Nachricht von Krovar war beunruhigend. Nach anfänglichen Erfolgen und der Beseitigung von zwei Sprengstoffdepots in der Uckermark und in Stettin hatte er nichts mehr von ihm gehört. In Verbindung mit der Eliminierung eines Abwehrbeamten musste er davon ausgehen, dass Krovar selbst bei dem Einsatz festgesetzt oder getötet worden war. Jetzt galt es, das noch verbliebene Pärchen so schnell wie möglich wiederzufinden und unschädlich zu machen. Von der zweiten Frau lagen keine Bilder oder Informationen vor, aber den Mann hatte Krovar mit einer bereits eliminierten Frau in Berlin fotografieren können. Mit diesem Bild sollte es möglich sein, ihn in einer Ostsee-Marina wiederzufinden. „Sind sie auf den Einsatz gut vorbereitet?", fragte er sein Gegenüber. Dieser lächelte und bejahte. Sie hatten herausgefunden, dass zwei Kampfschwimmer und ein Arzt das Pärchen in Rostock treffen sollten. Diese kannten die neuen Leute nicht und alles wurde nur über Kennworte miteinander geregelt. „Und ich nehme an, Sie sind im Besitz dieser Kennworte?", fragte Ivan Petrowitsch weiter. Das wurde von dem neuen Mann mit einem weiteren Lächeln bejaht. Überdies bestätigte er einem der drei Männer offensichtlich ähnlich zu sehen, von dem er die Kennworte hatte und den er geplant „ersetzen" wollte. „Dann frage ich lieber nicht weiter, wie sie an diesen Mann gekommen sind und was mit ihm geschehen ist.", konstatierte Ivan Petrowitsch. Das wurde von seinem Gegenüber mit einem so diabolischen Grinsen bedacht, dass es selbst den abgebrühten Geheimdienstchef mit einem leichten Frösteln zurückließ. „Viel Erfolg bei ihrem Einsatz, hier haben sie den verschlüsselten Stick. Startwert 17945.", gab er zurück und beide konzentrierten sich wieder auf das servierte Essen in dem schönen Hotel am Fluss. ‚Kein Vergleich zu Krovar.', dachte Ivan Petrowitsch, sah auf das einfallslose Essen seines Gegenübers und ließ sich noch eine Portion roten Kaviar kommen.

MOLCHSCHLEUSEN

Nach der Überprüfung der mannshohen Druckturbinen an den Flugzeugtriebwerken in den ersten Tagen - die relativ ereignislos verlief - war nun der Check der Molchschleusen und die Platzierung der Reinigungs- und Meßsonden an der Reihe. Obwohl die gesamte Anlage gegenwärtig nicht im Förderbetrieb lief, war dennoch der Betriebsdruck in beiden Rohren vorzuhalten und die notwendigen Wartungsarbeiten und Messungen durchzuführen. Damit ging unser Teil des Planes in seine heiße Phase.

Jetzt wurden zwei Standard-Reinigungsmolche im Lager von den Lagerarbeitern in unseren Transporter verladen und wir machten uns mit dem Auto auf den Weg zu den Molchschleusen. Ich hatte den leitenden Techniker zuvor an einer Raststätte auf eine Tasse vom Automaten eingeladen, wie ich es schon des Öfteren gemacht hatte. Es gab heute einen Unterschied: Eine der Tassen enthielt zehn Tropfen eines zuverlässigen Betäubungsmittels. Wir tranken unseren Kaffee aus und wollten weiterfahren, ich wartete noch einen Moment, bis ich zum Auto hinterherging.

Erstaunlicherweise war der Techniker immer noch wach, obwohl er bereits mit dem Schlaf zu kämpfen hatte, und äußerte mit nur noch halb offenen Augen, jetzt los fahren zu wollen. Was tun? Ich sagte, ich hätte eine Magenverstimmung und müsse nochmals zur Toilette. Er nickte und machte ein Geste, ich solle mich beeilen. Ich ging und wartete noch weitere acht Minuten in der stinkenden Raststätten-Toilette ab. Als ich zurückkam, war er endlich eingeschlafen, auf dem Fahrersitz in sich zusammen gesunken und schnarchte leise. Ich postete Wladimir: „Paket kann abgeliefert werden". Kurz darauf sah ich ihn im Rückspiegel aus einer Parklücke fahren. Er war unserem Wagen zuverlässig gefolgt. Da der Techniker eine offensichtlich gut trainierte Leber besaß, schmierte ich ihm noch drei Tropfen des Betäubungsmittels direkt unter die Zähne. Von nun an hatten wir etwa zwei Stunden, bis der Techniker wieder aufwachen und sich an wenig bis nichts erinnern würde. Ich zog den Schlüssel ab, nahm vom Techniker alle Passierscheine und Ausweise ab und sprang schnell zu Wladimir in unseren Transporter. Er hatte das Fahrzeug mit Aufklebern optisch an das Fahrzeug des Technikers angeglichen. So sollten wir am Werkseingang nicht auffallen. Ein schlafender Fahrer war an dieser Raststätte nichts Ungewöhnliches und würde zwei Stündchen sicher nicht auffallen. Deshalb ließen wir das Fahrzeug des Technikers an dem ruhigen, mit Büschen bestandenen Plätzchen stehen. Zur Station brauchten wir etwa eine Viertelstunde. An der Schranke wurden wir ohne Probleme durchgewunken und standen weitere fünf Minuten später vor der ersten Molchschleuse. Wladimir hatte die Trennwand für die Grenzüberquerung bereits entfernt und unsere eigenen Molche, die den eigentlichen Reinigungskörpern zum Verwechseln ähnlich sahen, freigelegt. Der Transporter stand mit offenen Hecktüren am vorgesehenen Platz und das Beschicken der Schleuse konnte beginnen. Wir hatten jedoch noch ein Problem, mit dem wir nicht gerechnet hatten: Normalerweise gab es für diese Beladung hier einen kleinen Flaschenzug-Kran, dieser war heute jedoch nirgendwo zu entdecken. Ich fragte einen Arbeiter und er erzählte mir, dass der zweite Techniker den kleinen Kran ausgeborgt hatte, um sein Auto zu reparieren. Er schlug vor, wir sollten doch am nächsten Tag wiederkommen. Wir schauten uns wortlos an, lehnten dankend ab und mir brach in einem Anfall kurzer, heftiger Angst kalter Schweiß aus, der mir den Rücken hinunter lief. Die Schleuse war zum Greifen nah und dennoch unerreichbar, denn die Öffnung befand sich in knappen zwei Metern Höhe. Einen normalen Rohr-Molch hätten zwei erwachsene Männer vielleicht gerade noch heben können. Wir hatten jedoch „besondere" Exemplare gebaut, die deutlich mehr Gewicht hatten, denn Sprengstoff und Zünder kamen ja noch zum Normalgewicht hinzu. Ich hatte wohl sehr unglücklich geschaut, denn Wladimir, der auch gerade selbst einen merkwürdigen Ausdruck im Gesicht hatte musste plötzlich lachen. Die Situation war ziemlich ausweglos und gerade deshalb lachte ich auch mit. Zwei weitere wertvolle Minuten verbrachten wir damit, einfach nur mit unseren Emotionen fertig zu werden. „So und was nun?", fragte ich Wladimir und wischte mir die Tränen vom Lachen aus dem Gesicht. Er entgegnete: „Wir machen das, was wir hier immer machen: Improvisieren!" Dann lief er zu einem etwa fünfzig Meter entfernten Lastwagen, an dem vier Arbeiter sich soeben anschickten, Paletten mit einem kleinen LKW-Kran abzuladen. Er gestikulierte und erklärte. Fünf Minuten später bauten die Arbeiter eine kleine Rampe aus Paletten für uns auf und halfen sogar noch die Rohrbombe - Verzeihung ich muss natürlich den Reinigungsmolch sagen - mit ihrem kleinen Kran nach oben zu bugsieren und in das Spundloch zu bringen. Während ich die Molchschleuse drucksicher mit dem Zahnradgetriebe verschloss, mit Gas flutete und den Molch dann mit gewohnten Handgriffen an den entsprechenden Ventilen auf die lange Reise schickte (und mir die Zeit notierte) hatten die Arbeiter auch an der nur etwa zwanzig Meter entfernten Anlage am zweiten Rohr mit Wladimir den Molch vorbereitet und in das Rohr geschoben. Auch dort machte ich das zweite Paket scharf, verschloss die Schleuse und schoss den zweiten Molch ab. Die Zeiten notierte ich hier auch, wie gewohnt, in den Protokollen und trug dort den Namen des zweiten Technikers ein, der gerade sein Auto mit dem Flaschenzug reparierte. Wladimir hatte den Arbeitern in der Zwischenzeit etwas Geld für einen abendlichen Umtrunk zugesteckt und sich für die Hilfe bedankt. Nach einer Stunde und 45 Minuten waren wir fertig, winkten den Arbeitern nochmals zu, fuhren zum Tor, legten die Protokolle ab, die ich unleserlich abgezeichnet hatte, und fuhren aus dem Gelände, als wäre nichts geschehen. Wladimir drückte aufs Gas und war kurz vor Erreichen des Zwei-Stunden-Limits wieder am Fahrzeug des Technikers. Ich sprang zurück ins Auto und steckte alle Papiere und den Zündschlüssel an ihren Platz. Genau als Wladimir abfuhr und mit seinem Lieferwagen am Ende der Straße entschwand kam, der leitende Techniker wieder zu sich und fuchtelte noch planlos mit seinen Armen durch die Gegend. „Was ist los?", fragte er, weil ich noch meine Hände in seinem Gesicht hatte und versuchte, ihn aufzuwecken. „Du warst fast zwei Stunden weg. Der Kaffee ist Dir wohl nicht bekommen, oder warst Du morgens noch betrunken? Ich habe dich kaum wieder wach bekommen.", fragte ich. Er schaute, sich noch orientierend, um und entgegnete er würde vor dem Dienst gewöhnlich nicht trinken. Er gab dem Kaffee die Schuld und sagte, er würde keinen Schluck Automatenkaffee mehr anrühren. Dann schaute er mich direkt an und ergänzte: „Es war sicher der Kaffee. Du siehst auch noch ganz blass im Gesicht aus und bist ganz durchgeschwitzt." Ich schaute in den Rückspiegel und musste ihm beipflichten. Er hatte recht.Wir einigten uns darauf, heute nach Hause zu fahren und uns auszukurieren. Er sagte, die Meßsonde könnten wir auch noch am morgigen Tag ohne Reinigung auf den Weg schicken. Ich sandte an eine Telefonnummer, die ich von

Sergej erhalten hatte, per SMS das heutige Datum und zwei Uhrzeiten unter dem Betreff „Paketlieferung". Ich hatte damit meinen Teil des Planes vollständig erfüllt. Ganz gleich, wie die Geschichte ausgehen würde. Mit dieser SMS war ich auf einen Schlag zwei Millionen Euro reicher geworden - ich musste die Sache hier nur noch überleben. Ich zwang mich, nicht mehr weiter über solche Dinge nachzudenken und bemerkte erst jetzt, wie die Anspannung der vergangenen Stunden, die auf mir gelastet hatte langsam verschwand. Ich ging duschen und wusch mir den kalten Angstschweiß vom Körper. Dann legte ich mich ins Bett und fiel am frühen Nachmittag sofort in einen tiefen, komatösen Schlaf bis zum nächsten Morgen, an dem mich mein Handy zu gewohnter Zeit weckte.

AFFENFALLE

Sergej war ein langjährig erfahrener Agent. Als er so jung war wie Nadja, schlug er sich mit Leuten herum, die eine solide Agentenausbildung bereits zur Zeit des eisernen Vorhangs erhalten hatten. Das waren beinharte, unbeirrbare Typen, die es letztlich im Einzelfall ja sogar bis zum Präsidenten brachten und in ihrem Handeln gänzlich humorlos vor gingen, denn der Weg war gesäumt mit Leuten, die den Anforderungen nicht gerecht wurden und deshalb über die Klinge springen mussten. Das hatte auch bei Sergej am Körper und im Kopf Narben hinterlassen. Er war sich noch einiger Situationen bewusst, in denen es buchstäblich um Leib und Leben gegangen war. Es waren Gelegenheiten gewesen, in denen man sich, gleich einem Gladiator in der Arena - Auge in Auge gegenüber gestanden hatte und letztlich nur noch die Frage zählte: „Du oder ich?" Sich anblicken und dann gegenseitig umbringen oder dem Gegner beim Sterben zusehen waren die Momente, die ihn auch noch Jahre nach solchen Zweikämpfen nachts wach werden ließen. Damit verband sich die Vorstellung des Rollentausches und an Situationen, wo es einen fast selbst erwischt hatte. Letztlich war er bis heute siegreich gewesen, war sich aber durchaus bewusst, dass er in etwa der Hälfte aller Fälle einfach nur Glück gehabt hatte. Entschlossen und furchtlos zu sein hatte ihn bis hierher gebracht, aber ihn in diesen Situationen immer stets auch ein wenig selbst sterben lassen.

Als Nadja an diesem wunderschönen, sonnigen Septembertag mit dem Zettel zu ihm kam, wusste er, dass sich wieder eine solche Situation anbahnte. Er dachte an durchlebte Situationen und bemerkte erst am ängstlichen, unsicheren Blick dieser Frau, dass sich diese Erinnerung immer noch sehr deutlich in seinen Augen widerspiegelte. Es galt, hier schnell und entschlossen zu handeln.

Aber wer war eigentlich sein Gegner? War es nur einer, oder waren es am Ende sogar mehrere? Sergej warf den Zettel über Bord und beschloss, sich über diesen Erich später genauer zu informieren. Offensichtlich waren sie irgendwo schon mit Pauken und Trompeten aufgeflogen und befanden sich, dessen ungeachtet, hier immer noch auf diesem Schiff und genossen das schöne Herbstwetter. Das konnte nur heißen, sie waren vom handelnden Akteur zum Spielball einer im Hintergrund agierenden Kraft geworden, die über ihr Handeln im Bild war, es aber stillschweigend duldete und akzeptierte. Das hieß im Umkehrschluss aber auch, von dieser Seite drohte der autonomen Gruppe zur Zeit keine Gefahr. Die Infiltration galt es zu klären und die Person(en) auszuschalten.

Sie befanden sich also auf einem Narrenschiff, auf dem jeder den anderen bespitzeln, ausschalten oder übertrumpfen wollte, ohne sich selbst dabei preiszugeben. Es ging hier an Bord also genauso verrückt zu wie im richtigen Leben an Land. Welch Ironie des Schicksals!

Sergej bat sich bei Nadja Geduld aus, ließ Segel und Kurs setzen und nahm sich einen Moment zurück, um eine Lösung für das Problem zu finden. Dieses Loslassen von seinen Befindlichkeiten hatte neben seinem Mut bisher dazu geführt, dass er in seinem Betätigungsfeld immer noch aktiv und am Leben war. Als er nochmals kurz über das Wort „Loslassen" nachdachte, kam ihm die Idee mit der Affenfalle.

Nun, wie fängt man so einen Affen? Bauern auf den Philippinen fangen die frechen Obst-Diebe mit einer hohlen Kokosnuss, die man mit einem kleinen Loch versieht und an einen Baum bindet. Auf der anderen Seite wird ein größeres Loch gebohrt, in das genau eine lang gestreckte Affenhand hineinpasst. Dann legt man große Nüsse oder eine Frucht hinein und wartet. Der Affe kommt und sieht die Früchte. Er steckt seine Hand in das Loch und greift zu. Nun ist die Hand jedoch zu groß zum Herausziehen und loslassen will der Affe die Früchte auch nicht. Er sitzt fest und wird gefangen. Die Antwort sagt auch etwas über uns Menschen aus: Man nutzt die Gier und das Unvermögen eine sicher geglaubte Beute wieder loszulassen.

Sergej machte nun etwas Ähnliches und erzählte jedem der drei Männer einzeln, er wisse, ein Verräter befinde sich unter den anderen zwei Neuankömmlingen. Sie sollten sich jedoch so verhalten, als ob alles normal sei. Zu jedem sagte er: „Zu Dir habe ich besonderes Vertrauen, bitte hab ein waches

Auge auf die anderen." Dann legte er seinen Köder aus und sprach beiläufig davon, dass eine gelbe Kiste mit Zündern besonderen Schutz benötige. Nun hieß es abwarten und sehen, wer den Köder greifen würde.

RECHERCHEN

Erich war auf dem Rückweg von der Pathologie als er einen Anruf von einem Kollegen erhielt: Ein infiltrierter Informant habe eine Botschaft über ein Sprengstoffattentat erhalten und weitergeleitet. Erich bekam den Text und merkte auf, als er die Worte „Marina" und „Stettin" im Text las. Das passte. Offensichtlich erwartete ein Gegenspieler von ihm ein Feuer in der Marina, als Vollzug der Zerstörung von Beweisen. Wie gut, das dieser Mann bereits im Kühlschrank der Pathologie auf Eis lag.

Erich besorgte sich ein paar örtliche Einsatzkräfte und ließ hinter der Lagerhalle in einem alten Ölfass etwas Benzin und zwei alte Autoreifen abbrennen und die örtliche Feuerwehr für einen Löscheinsatz ohne Vorwarnung noch in derselben Nacht ausrücken. Am nächsten Morgen würde ein Foto von dem Lagerhaus mit viel Qualm und der Meldung stehen: „Feuer im Lagerhaus der Marina Stettin" mit dem Hinweis, dass das Feuer wahrscheinlich durch unsachgemäße Lagerung von gefährlichen Gütern ausgebrochen sei und erheblichen Schaden angerichtet habe. Die Marina wurde für eine Woche geschlossen. Das sollte für den Moment als Ablenkung genügen. Betrüblich war, dass die Spur in dieser Marina damit kalt war und die Recherchen auf andere Orte ausgedehnt werden mussten. Das waren etwa dreißig küstennahe Möglichkeiten von Lübeck im Westen über Stettin bis nach Gdynia und Danzig im Osten.

Der „Major" hatte offensichtlich sein Handy gut gesichert und verschlüsselt. Der Test auf biometrische Erkennung funktionierte nicht. Als er am nächsten Mittag bei seiner Dienststelle anlangte, um das Telefon einem Techniker zu übergeben, empfingen ihn fünf neue Kollegen, die ihm zur Marina-Recherche kurzfristig zugeteilt worden waren. Das sah nach beinharter Kleinarbeit aus. Erich briefte sein neues Team in den nächsten zwei Stunden und fragte dann bei der Technik nach ersten Ergebnissen. „Starke Verschlüsselung mit wenig Möglichkeiten zur Dechiffrierung", gab der Techniker zurück. „Würde es vielleicht gehen, wenn Ihr einen längeren Text vom Handy im Klartext habt?", fragte Erich. Das wurde bejaht. Er hinterließ den Text beim Techniker und stellte sich auf wochenlange, ernüchternde Ermittlungen ein.

AUSHALTEN

Wladimir hatte bereits am gestrigen Tag den Heimweg angetreten und war nun aus der Sache raus. Um keinen Argwohn zu erregen, musste ich aber noch einen weiteren Tag auf der Verdichter-Station zubringen und Meß-sonden vorbereiten und abschicken als sei nichts passiert. Der leitende Techniker hatte sich halbwegs von seiner Betäubung erholt und holte mich wie immer ab, um zu den Molchschleusen zu fahren. Ich ließ mir nichts anmerken und heute war der kleine Kran für das Beschicken der Molchschleusen auch wieder vor Ort. Gerade als ich die Schleuse 1 der Anlage mit der Messsonde beschickte, kam der Lastkraftwagen mit den Arbeitern vom gestrigen Tag wieder vorbei. Er hielt, die Leute stiegen aus, sahen mich und winkten freundlich herüber. Mir rutsch-te das Herz in die Hose und der Techniker fragte, ob ich die Leute kenne. Glücklicher-weise fasste ich mich schnell wieder und ant wortete: „Ja. Noch vom vergangenen Jahr. Ich habe ihnen am Abend mal ein Bierchen ausgegeben." Das wurde mit einem Nicken des Technikers quittiert und ich atmete jetzt erst einmal kurz durch. ‚Das war nah dran!', dachte ich, bevor ich meine Arbeit fortsetzte.

Am Abend waren diese Leute dann tatsäch-lich in der Unterkunft neben der Station un-tergebracht und ich spendierte ihnen ein

Bier zum erfolgreichen Abschluss meiner Arbeiten in diesem Jahr. Wie sich hier Erfolg definierte, war ihnen ja glücklicherweise in diesem Fall nicht bewusst und hinterließ nur bei mir einen gemischten und wehmütigen Eindruck mit Blick auf die kommenden Ereignisse. Als ich am nächsten Tag nach Autofahrt und Transfer im Flugzeug saß und nach einigen Stunden aus dem Fenster von oben auf Berlin schaute, lehnte ich mich endlich entspannt zurück und genoss die Landung, der ich sonst eher wegen etwas Flugangst argwöhnisch gegenüberstand. Es war ohnehin nur ein kurzer Aufenthalt, denn meine Wohnung hatte ich bereits vor meiner Reise ausgeräumt und nur die wichtigsten Dinge unter anderem Namen in einem Mietbox-Unternehmen für längere Zeit eingelagert und im Voraus bezahlt.

Unter meinem eigentlichen Namen würde ich jetzt auf eine gebuchte Urlaubsreise nach Florida gehen und dort beim Baden tödlich verunglücken. Einen Abschiedsbrief und die Selbstmordabsicht wegen Liebeskummer würde man anschließend im Hotelzimmer auffinden. Meine sterblichen Überreste würden nach der Freigabe dann im Atlantik auf hoher See beigesetzt. Insgesamt also eine sehr würdige Art des Verschwindens.

So gestorben, sollte ich - nach Vorgabe als Liam Davis für einige Zeit in Amerika verbleiben und mir war dann freigestellt, nach frühestens einem Jahr nach Deutschland in eine andere Stadt meiner Wahl zurückzukehren. Berlin, zwar schmutzig und dreckig aber weltoffen und kaltschnäuzig-freundlich, würde ich vermissen. Mit Nadja hatte ich ausgemacht, sie in Amerika wiederzusehen. Unser Treffpunkt war das Strawberry Fields im Central Park in New York, das an die Ermordung John Lennons erinnert. Auf dem kleinen Platz befindet sich eine Steinrosette, in deren Mitte das Wort „Imagine" als Mosaik eingelassen ist. Eine kleine Metalltafel erinnert dort an die erste Zeile des Liedes: „Imagine all the people living life in peace …".

Das war nicht gerade das, was wir hier gegenwärtig unternahmen, sondern mehr das, was wir uns für uns selbst wünschten. Ich hatte mit Nadja in den Wochen der Vorbereitung unserer Aktion mehrmals über die Zukunft gesprochen. Waren ihre Antworten zu Anfang eher ausweichend ausgefallen, so hatte sie nach und nach für dieses Experiment mehr und mehr Sympathie entwickelt und sich auch eigene Gedanken dazu gemacht. Ich konnte mir eine Zweisamkeit und sogar eine Familie mit dieser Frau gut vorstellen, was eine neue Nuance zu dem exorbitant guten Sex, den wir miteinander hatten, darstellte. Das Bild des Wiedersehens an diesem kleinen Platz mit der quirligen Stadt und ihren Geräuschen im Hintergrund stand deutlich vor mir, und ich sah mich im Geist auf einer der metallenen Parkbänke sitzen und Nadja auf mich zukommen. Ein Lächeln, eine Umarmung, ein langer Kuss und ein Spaziergang um den kleinen See würden die ser kleinen Idylle das I-Tüpfelchen aufsetzen.

In diesem Moment ruckelte es, das Flugzeug setzte auf der Rollbahn auf und riss mich aus meinen Gedanken. „Junge, bleib bei der Sache und mach mit deiner Träumerei nicht im letzten Moment noch alles kaputt!', sagte ich zu mir. Ich nahm mein Handgepäck und lief langsam in der Schlange der Fluggäste zur Ankunftshalle, um meinen großen Koffer vom Gepäckband zu fischen.

DARSSER ORT

Nadja war auf See und frischer Wind blies ihr um die Nase. Der Blick konnte auf der Seeseite an Backbord schon weit nach Norden schweifen, wenngleich das Land an Steuerbord nur fünf Seemeilen weit entfernt und noch gut sichtbar war. Sie stand mit dem Rücken zum Mast, sah in Richtung Bug und genoss für einen Augenblick den herrlichen Herbsttag. Die Sonne schien warm und schon ein wenig weißlich fahl in die geblähten Segel der Yacht, die wie ein Schmetterling vor dem Wind segelte. Reflexe der Sonne auf den Wellen blinkten als silbrige Sterne auf und Wasser gischtete in feinen Tröpfchen über das ganze Boot, wenn das Schiff in den Wellen leicht aufstampfte. Schöner ging Segeln nicht, aber der Tod segelte an Bord mit. Wollte dieser Erich nur Zwietracht in der Crew säen, oder gab es wirklich einen Verräter? Dann saßen sie alle auf einem Pulverfass. Zudem gab es einen Zeitplan, der streng eingehalten werden musste. Wenn ihr Freund erfolgreich und die Rohrpost unterwegs war, gab es kein Zurück und alles hatte zu funktionieren wie ein Uhrwerk.

Heute ging es mit der Yacht etwa eine Seemeile nördlich vorbei am Leuchtturm Darßer Ort und dann weiter nach Osten zur Marina in Wiek auf der Insel Rügen, die beschaulich gelegen war und direkten Zugang zur Straße hatte. Morgen früh würde dort ein LKW mit einer Menge mittelgroßer Pakete halten, die noch ohne großes Aufsehen an Bord verladen werden mussten. Daraus sollten dann an Bord zwei größere Sprengladungen gefertigt werden. Von wem der Spezialsprengstoff geliefert wurde, war nicht einmal Sergej bekannt, aber wen interessierte es, woher er kam, solange er da war? Seit das Lager in der Uckermark explodiert war, musste man hier kooperieren, um das Projekt noch zu retten. Oktogen war in den benötigten Mengen eben nicht so leicht zu bekommen. Nadja hangelte sich an der Seereling und den Wanten zurück zu den beiden Tischen vor den großen Steuerrädern der Segelyacht. Dort hatten sich alle vier Männer schon versammelt und schickten sich an, ein kurzes zweites Frühstück einzunehmen. Ion war am Ruder und saß entspannt dazu auf einer Seite der Heckbank. Daniel, Wenzel und Sergej hatten schon am Tisch Platz genommen und begonnen, sich über die Getränke aus der Marina und die Brötchen auf den Tellern herzumachen. Ein Teller und ein Pott Kaffee standen schon für sie bereit, alle Herren waren sehr aufgeräumt, scherzten und flirteten eifrig mit ihr. Nadja hielt sie in Schach und nutzte die Gelegenheit, um mit den Neuankömmlingen ein wenig intensiver zu plaudern. Hinweise gewann sie nur wenig, denn Diskretion gehörte zu den Kriterien ihres Geschäftes, ebenso wie unbedingte Befehlstreue. Zum ersten Mal fiel Nadja bei dieser Unterhaltung auf, dass diese Unverbindlichkeit in Bezug auf private Dinge, die sie früher so sehr geschätzt hatte, ihr jetzt überhaupt nicht mehr gefiel. Die planende, verbindliche und verbindende Art ihres Freundes fing an, ihr wirklich zu gefallen.

Nach dem Leuchtturm ging es - mit westlichen Winden - an der Nordspitze von Hiddensee am Leuchtturm Dornbusch vorbei in das freigehaltene Fahrwasser zur kleinen

Bucht bei Wiek auf Rügen. Hier wurde es wirklich beschaulich und neben dem engen Fahrwasser bei Hiddensee so flach, dass man vom Boot aus die Möwen neben sich - ausgerichtet zum Wind - im Wasser stehen sehen konnte. Ein kleiner und etwas abgelegener Hafen stellte sicher, dass das Beladen des Schiffes nur von wenigen neugierigen Augen gesehen werden konnte. Zum Verladen der explosiven Fracht war es also ein idealer Ort.

Immerhin konnte Nadja in Erfahrung bringen, dass die beiden Kampftaucher schon in unterschiedlichen Einsätzen auf der Welt tätig gewesen waren, wenngleich ihre bisherige Tieftaucherfahrung sich in Grenzen hielt. Der Mediziner hatte schon hunderte von Taucheinsätzen betreut und war ein Experte auf seinem Gebiet. Was sie bemerkte war, dass heute alle noch irgendwie entspannt und relaxt waren. Sie war sich sicher: Das würde sich ab morgen ändern und das entspannte Klima würde einer konzentrierten Arbeitsatmosphäre weichen, weil sich alle auf ihre speziellen Aufgaben konzentrieren mussten. Nadja tauschte sich mit Sergej aus und beide kamen überein, noch etwas die Ruhe des Tages auszukosten.

Für den Törn hatten sie vereinbart nach dem Stopp auf Rügen die Zeit auf See bei Bedarf in Vierstundenschichten mit zwei Mannschaften zu bestreiten. Eine Mannschaft bestand aus Sergej und Nadja, die zweite aus den verbleibenden drei Männern, So ließ sich ein möglicher Eindringling am besten in Schach halten. Zum anderen hatte Sergej in dieser Sache um nachrichtendienstliche Unterstützung gebeten und hoffte dadurch auf zusätzliche Erkenntnisse.

NACHRICHT

Ivan Petrowitsch hatte von seinem Informanten eine verschlüsselte Nachricht erhalten: „Infiltration erfolgreich, Segelyacht Bavaria Cruiser 50, Name: „Atlantis", Route : Rostock Hohe Düne – Rügen (Wiek) – Kurs NO Richtung Bornholm, große Mengen Spezialsprengstoff (Oktogen) an Bord (~650kg), weitere drei Männer und eine Frau an Bord, Target noch unklar, erwarte Befehle."

Ivan Petrowitsch überlegte einen Moment und antwortete dann: „Target klären mit Priorität, Crew danach auf See eliminieren, Position übermitteln und Schiff versenken, wir nehmen sie auf."

‚Das lief ja besser als vorher geplant.', dachte er bei sich und lächelte. Dann beorderte er ein Schiff und ein U-Boot in die Ostsee-Region nördlich von Bornholm und ließ sie dort außerhalb der 12-Seemeilen-Zone in internationalen Gewässern patrouillieren.

WIEK AUF RÜGEN

Gegen Abend legte die Yacht in Wiek am kleinen Hafenkai an. Hier gab es eine Stelle mit genügend Tiefgang für die Yacht, die sich besonders zum Verladen eignete, denn die Straße war nur wenige Meter vom Kai entfernt und zum Beladen konnte man direkt bis an die Kaimauer heranfahren.

Die Crew der Segelyacht war noch rechtzeitig vor dem frühen Ladenschluss des Hafenrestaurants um 18:30 Uhr vor Ort, ging nach dem Festmachen gemütlich gemeinsam Essen und legte sich zeitig in die Kojen. Früher Besuch hatte sich für den kommenden Morgen bei Sergej angesagt.

Am nächsten Tag musste die Crew bereits um 5:00 Uhr aus den Federn kriechen. Punkt 5:30 Uhr hielt ein weißer Sprinter mit „Obst und Gemüse" Aufdruck an der Straße am Hafen. Sergej sprach mit dem Fahrer und dieser fuhr den Wagen unmittelbar an die Kaimauer heran. Mit Crew und Fahrer wurde in der ersten Dämmerung des Tages eine kleine Kette über die Laufplanke an Bord und über den Niedergang in das erleuchtete Bootsinnere gebildet, und die Pakete mit Ruhe und Vorsicht in den Bootsrumpf gebracht und dort gestaut. Bis auf ein paar Leute, die zeitig auf Fisch aus waren war noch niemand in dem verschlafenen Hafen unterwegs. Als die Sonne gerade aufging war die gesamte Ladung unter Deck verstaut und der Sprinter fuhr davon. Die Crew genoss, an Deck sitzend, für kurze Zeit die ersten Strahlen des Septembertages. Dann war unter Deck noch Ordnung zu schaffen. Ein Vormittagsfrühstück später legte die Segelyacht unter Motor ab und zog gemächlich - eine Spur kräuselnden Wassers hinter sich herziehend - aus dem Hafen, den Verbindungsweg zwischen den beiden Inseln entlang auf das offene Meer hinaus.

Die Crew war nun schon eingespielt und zeigte bei den Segelmanövern professionelle Routine. Jeder Handgriff war eingespielt und saß. Bei Wind aus West bis Nordwest lag bald ein schöner Halbwindkurs an.

Daniel stand am Ruder und fragte: „Sergej, welcher Kurs?" Der erwiderte: „Kurs Nordspitze Bornholm." „Und dann?", fragte Ion. „Dann folgen eine Bornholm-Umfahrt und einige Messungen.", entgegnete Sergej ausweichend. „Wo es hingeht, erfahrt ihr schon noch früh genug. Nebenbei, ist jemand von euch seekrank?", fragte Wenzel. Alle lachten und schüttelten die Köpfe, wenngleich Nadja gestehen musste, dass ein leichtes Benommenheitsgefühl auf See bei ihr schon vorhanden und auch bei längeren Fahrten nie ganz weggegangen war. Es folgten noch ein paar Blödeleien über Seekrankheit, dann war das

Thema durch und Nadja wollte sich dabei auch keine Blöße geben.

SPURENSUCHE

Erich ermittelte in alle Richtungen, aber etwas hatte sich gegen ihn und sein Team verschworen. Immerhin hatte er etwas über den kürzlich Verstorbenen „Major" in Erfahrung gebracht: Er gehörte zur knallharten Sorte und wurde mit diversen kriegerischen Aktionen in Verbindung gebracht, in denen er sich durch besondere Zielstrebigkeit und Brutalität ausgezeichnet hatte. Je mehr er erfuhr, umso mehr verdichtete sich das Bild eines Berufssöldners und Killers, der in alle Gebiete der Welt gerufen wurde, wenn es dort etwas auf schnelle, skrupellose Weise zu klären galt. Die Zetteltafel in Erichs Büro, die er in alter Anhänglichkeit immer noch den Computerprogrammen vorzog, füllte sich mit diversen Schnipseln solcher Einsätze. Umso erstaunlicher war, dass dieser erfahrene Mann in einer alten Lagerhalle Stettins auf jemanden getroffen war, der ihm offenbar doch das Wasser reichen konnte. Den Mietwagen hatten sie abschleppen und untersuchen lassen. In dem Auto hatte sich noch eine Tasche mit Ersatzmunition, einer handvoll Pässe - für unterschiedlichste Namen und Nationen - und ein Besteck für einen versierten Privatdetektiv befunden. In einem zusätzlichen Koffer befanden sich noch ein Sechserpack Handgranaten und eine VZ61 mit 30-Schuss-Magazin und einer endlosen Menge an Patronen. Diese tschechische Waffe wurde einstmals in großen Stückzahlen gefertigt und galt in einschlägigen Kreisen als Kult unter Sammlern. Diese hatte der „Major" sicher nur als Talisman und letzte Lebensversicherung bei sich, denn die Waffe war nicht für gepanzerte Ziele gedacht, jedoch handlich und einfach zu verstecken und auch heute noch auf anderen Kontinenten und in der Unterwelt im Einsatz.

Erich ließ die Waffe untersuchen und fand weitere Neuigkeiten heraus: Sie hatte ein charakteristisches Schussbild und gestattete eine Recherche. Dabei stieß er im Lauf der Spurensuche auf eine beachtliche Spur der Verwüstung und etliche Morde, nur mit dieser einen Waffe. Er musste an seinen Kollegen denken, welchen er vor einigen Tagen mit zu Grabe getragen hatte, der diesem Mann letztlich auch zum Opfer gefallen war.

Wer immer diesen alten Haudegen kalt gestellt hatte, hatte sich damit unerkannt die Sympathie von dutzenden Hinterbliebenen gesichert. Dieser Jemand war auch kein unbescholtener Bürger. Ihn galt es zu finden, wobei ein Flugzeuganschlag verworfen werden musste und eher ein maritimes Ziel im Vordergrund zu stehen schien. Leider verlief die Suche bei den umliegenden Marinas komplett im Sande. Die Spur war eiskalt und der „Unbekannte", wie Erich ihn taufte, blieb verschwunden.

So versuchte er sich in die Lage der Gegenspieler zu versetzen und nahm alle bisherigen Fakten zusammen: Mord in Prag, Zusammentreffen in Berlin, Mord in der Uckermark und in Stettin führten an die Küste - es ging um ein explosives Geschäft und hochkarätige Gladiatoren nahmen an dem Spiel teil. Es war also etwas ganz Großes und bedurfte besonderer Absicherung. Menschen gingen dafür über Leichen. „Wo würde man sich verstecken, wenn man sich denn verstecken müsste, ohne die Aufgabe aufzugeben?"

Den letzten Satz hatte Erich halb laut vor sich hin gesprochen, um ihn sich zu vergegenwärtigen. Dabei war einer seiner jungen Kollegen zur Tür herein gekommen und sagte als Antwort zur nicht gestellten Frage: „So weit weg wie möglich." Erich schaute seinen neuen Kollegen verdutzt an, dessen Vorname Benjamin war – Sohn des Glücks. Er hatte wahrscheinlich recht und einen guten Instinkt. So sagte er zu ihm: „Benjamin, begleiten sie mich bitte morgen nach Lübeck, Wismar und Rostock, ich brauche dort eine helfende Hand." ‚Wenn buchstäblich das Glück vorbeischaute, sollte man es nicht von sich weisen!', dachte er bei sich.

BORNHOLM

Bei frischem Wind aus West bis Nordwest war die „Andromeda" gut vorangekommen und segelte soeben außerhalb der 12-See-meilen-Zone in internationalem Gewässer an der südlichen Spitze von Bornholm vorbei. Die Mannschaft hatte bereits am Vortag eine kleinere Schleppsonde mit Echolot klargemacht und getestet. In konstanter Wassertiefe bei ungefähr 20 Metern geschleppt, gestattete es, gut aufgelöste Bodenprofile ohne Störeinflüsse zu erstellen. Gestern hatte das gut geklappt und Nadja konnte Erfahrungen beim Scannen sammeln.

Als sich die Yacht nach Backbord querab vom Bornholm Tower (einem ehemaligen Abhörturm des dänischen Geheimdienstes zur Zeit des kalten Krieges) befand, wurde die Sonde ausgebracht und Sergej ließ von dieser Position einen 90°-Kurs nach Ost unter Segeln fahren. Der Widerstand der Sonde war gering und sie kamen mit fünf Knoten Geschwindigkeit voran. Wenzel war am Ruder und versuchte das Schiff auf Kurs zu halten, Ion trimmte dazu die Segel und Daniel war am GPS-Plotter eingeteilt, um dort auf Kommando Positionsmarken setzen zu können. Sergej checkte den Horizont nach Fischerbojen und in der Nähe befindlichen Schiffe ab und schaute gelegentlich mit auf den Echolot-Plotter. Nadja saß direkt vor dem Gerät und verfolgte gebannt das in unregelmäßigen Wellen langsam abfallende Grundprofil der Ostsee. Ihre Geduld wurde auf eine harte Probe gestellt, denn für mehr als zwei Stunden sahen sie nichts als diese Linie, die oberhalb immer wieder von kleineren und größeren Sicheln von Fischschwärmen geschmückt war. Ion und Wenzel zeigten Interesse an den Sicheln und betrachteten die hübschen Bilder, soweit das Segeln es zuließ. Dann - nach langer Zeit des Wartens - wurde eine Bodenerhebung sichtbar. Nadja rief Daniel zu, die GPS-Position zu nehmen und zeigte Sergej das Plotter-Signal. Er

nickte und gab Wenzel einen neuen Kurs von 105 Grad. Er antwortete: „Kurs 105 Grad liegt an." Die Suche ging weiter und nach zwei weiteren Stunden konnte Nadja noch ein Signal detektieren. Sergej ließ die Segel einholen und fuhr einen Bogen mit geringerer Geschwindigkeit auf den gesetzten Wegpunkt zu. Bei erneuter Meldung durch Nadja ließ er das Boot aufstoppen und setzte eine Boje mit Flagge an einer Leine mit Grundgewicht, wie Fischer und Taucher es tun. „Sind wir am Ziel?", fragte Wenzel und schickte sich an, den Motor auszuschalten. „Nein. Wir segeln heute noch die Nacht durch und proben morgen früh einen Tauchgang mit vollständiger Ausrüstung.", erwiderte Sergej. Die Crew nickte geschlossen und stellte sich

auf eine längere Nachtfahrt mit zwei Mannschaften im Vier-Stunden-Rhythmus ein. Sergej und Nadja übernahmen die Abendwache.
Der Wind war frisch und Nadja stand am Ruder. Nachdem die andere Mannschaft zu
Bett gegangen war, versorgte Sergej sie
nach alter Seefahrtstradition mit Essen und
warmen Getränken. Die Sonne war orange-
rot untergegangen und Nadja kreuzte mit
mäßiger Besegelung unter nächtlichem Voll-
mond auf silbrig-grauer See, die die kleinen
vom Wind gebildeten Wellen mitunter wie
eine Ansammlung schwimmender schwarzer
Koffer aussehen ließ. Sie hatte sich ein helles
Sternbild zur Orientierung gesucht, dessen
hellste Sterne über den Wanten standen und
ihr sicher die Richtung wiesen. Der Kompass
leuchtete in schwachem, dunkelrotem Licht
und nur von der großen Kajüte drang spar-
sames gelbliches Licht der Navigationsecke
nach außen. Nadja genoss diese Ruhe vor
dem Sturm und schlechterem Wetter, das
sich mit kleinen Wölkchen am Nachthimmel
bereits ankündigte.

Sergej brachte ihr noch etwas Verpflegung.
und sagte: „Morgen kannst Du es mir beweisen." Sie nickte und flüsterte leise: „Das
morgen ist keine Übung, nicht wahr?" Er lächelte, nickte und sagte: „Das wissen die anderen aber nicht." und ging zurück in die Ka
jüte.

Mit einbrechender Helligkeit wurden Nadja und Sergej geweckt und vom Arzt kurz untersucht. Alles war in Ordnung. Inzwischen hatte Ion bereits die Boje angefahren und sich vertäut. Es war ein grauer Tag und der Wind frischte auf, es war keine Zeit zu verlieren. Die beiden legten die Neoprenkleidung, die Tauchausrüstung und Brille an. Es folgte ein Technikcheck, dann ging es zum ersten Mal in die Tiefe. Das Ziel lag bei etwa 85 Metern am Grund der Ostsee. Nadja ließ sich von der Badeplattform in das Wasser fallen und wurde von Dunkelheit und aufsteigenden Wasserblasen umhüllt. Das Equipment wurde aufgenommen, dann ging es an der Sorgleine nach Uhr und Plan zielstrebig in die Tiefe. Es wurde zunehmend dunkler und bis jetzt erhellten auch nur kleine Lampen der wichtigsten Geräte die Umgebung. Beim Abstieg machten beide kurze Pausen und wechselten sich gegenseitig in der Führung ab. Die Druckregler mussten überprüft und nachgeregelt werden. Dieser Tauchgang war kein Spaß und der Druck lastete schwer auf dem Körper. Irgendwann kam der schlickige Grund - im spärlichen Licht mehr gefühlt als gesehen - zum Vorschein, aber die Augen hatten sich schon etwas an die Finsternis gewöhnt. Dann die Scheinwerfer an und es brauchte einen Moment, bis man sich an die Helligkeit gewöhnt hatte. Das Licht der an der Ausrüstung montierten Lampen drang dennoch nicht sehr weit, zeigte im Lichtkegel zunächst nur Schwebeteilchen und verlor sich sehr schnell im Schwarz des Wassers. Sie hatten eine zweite dünne Sorgleine zur Orientierung mitgeführt und diese am Grundgewicht mit verankert. Nun wurde mit Kompass das Gelände wie geplant abgesucht. Das Glück war ihnen an diesem Tag hold und nach knappen zehn Minuten hatten sie das massive ,mit Beton ummantelte Rohr gefunden. Der Sonargeber wurde am Rohr fixiert, scharf geschaltet und eine weitere Viertelstunde später ging es bereits zurück zur Sorgleine und zum langsamen Aufstieg zurück zum Boot.

Dieser dauerte quälend lange, um keine Zwischenfälle wegen Taucherkrankheit zu provozieren. In einer dieser erzwungenen Pausen gingen Nadjas Gedanken spazieren. Was war, wenn der Killer an Bord oben schon auf sie wartete? Sie stellte sich vor, wie sie aus dem Wasser sah und genau in die Mündung einer Pistole blickte. Schuss und aus! Oder noch viel schlimmer: Auftauchen und das Boot ist fort und vor einem liegt der Tod durch Ertrinken oder langsames Erfrieren und langsamer, qualvoller Todeskampf. Ein kaltes Frösteln durchzog ihren Körper und ließ sie erschauern. Sergej war ein aufmerksamer Beobachter und hatte die Angst in ihren Augen bereits bemerkt. Sie kam erst wieder richtig zu sich, als er mit dem Finger gegen ihre Taucherbrille klopfte und mit einem zweiten Klopfen auf seine Uhr andeutete, dass es Zeit wurde, weiter nach oben zu kommen. Sie signalisierte ihm mit Handzeichen, dass alles ok war.

Beim Auftauchen empfing sie graues, wolkiges Ostseewetter, leichter Niesel, sowie stärker werdender Wind und Wellen. Alle waren noch an Bord und wohlauf, und auch die beiden Taucher waren in guter Form, wie Wenzel nach kurzer Untersuchung feststellte. Das Equipment war inzwischen von Ion und Daniel eingeholt und wettersicher verstaut worden.

Mit gerefften Segeln ging es hart am Wind auf die Kreuz zurück in Richtung Bornholm. Die karge, steinige Küste von Nexø empfing sie und die „Andromeda" machte relativ unbemerkt im dritten Hafenbecken gegenüber dem „Coffee Creative" fest. Niemand nahm hier große Notiz von ihnen, und die Mannschaft igelte sich im Boot für die nächsten zwei Tage - von gelegentlichen kurzen Unterbrechungen zum Essen abgesehen - zum Abwettern ein.

Daniel bemerkte, dass Nadja das Warten nicht gut bekam, kümmerte sich mit kleinen Aufmerksamkeiten um sie und zeigte Sympathie. Das nahm sie gerne an, wenngleich eine innere Stimme sie weiter zu äußerster Vorsicht mahnte.

Am zweiten Tag gab es kurze Aufregung, als Daniel und Nadja zusammen am gegenüber liegenden Ufer auf einen Kaffee unterwegs waren. Sirenen klangen durch den Hafen, durch die Fenster sah man das blaue Licht und die Reflexe in den Pfützen und hörte das an- und abschwellende Geräusch der gelbweißen dänischen Polizeiwagen. Nach einem kurzen Moment der Unruhe war jedoch klar, dass dieser Einsatz nicht ihnen galt und man zog sich daraufhin möglichst unauffällig gemeinsam wieder unter Deck zurück.

BOOTSKAUF

Erich hatte mit Benjamin bereits ganz Lübeck und auch die Werft abgegrast und nichts gefunden. Es war ernüchternd und die Unzahl von Möglichkeiten war erdrückend. So schickte er seinen Assistenten nach Wismar und fuhr selbst nach Rostock. Geteiltes Leid war halbes Leid. Als er dort angekommen war, machte er sich zuerst in der Stadt-Marina kundig und fragte mit dem Bild nach dem „Unbekannten". Als er im Büro des Hafenmeisters hereinschneite, traf er diesen mit einer Frau im Gespräch an, offensichtlich einer guten Bekannten.

Nach einem Moment ließ er sich dann aber doch erweichen, einen kurzen Blick auf das

Bild zu werfen, nachdem Erich seinen Ausweis vorgezeigt hatte, verneinte aber, den Mann zu kennen. Seine Gesprächspartnerin jedoch schaute ihm neugierig über die Schulter und behauptete, diesen Mann schon gesehen zu haben. Es stellte sich heraus, dass sie für einen Segelausstatter nahe der Marina „Hohe Düne" arbeitete und dass dieser Mann diverse Ausrüstungsgegenstände und maritime T-Shirts erworben und bar bezahlt hatte. Das war die bis jetzt beste Spur und Erich ließ sich von der freundlichen Frau gleich mit zur Marina nehmen, hatte er doch dem jungen Kollegen den Dienstwagen für die Fahrt überlassen.

Die Spur erhärtete sich und veranlasste ihn, sich bei diesem Ausstatter näher umzusehen und das Areal nach Überwachungskameras abzusuchen. Der Besitzer des Yachtausstatters war gesprächig und bot an, Erich ein Stück zu begleiten. Dieser fragte, was für eine Yacht man für größere Taucheinsätze benötigen würde, und erfuhr, das sich größere Yachten mit Badeplattform dafür am besten eignen würden. Als beide an der langen Reihe der Boote entlanggingen, fiel Erichs Blick auf ein „Zu verkaufen"-Schild an einer Bavaria 32-Fuß-Yacht. Auf seine Nachfrage erfuhr er, das Boot sei in gutem Zustand und für einen Spottpreis zu erwerben. Erich stoppte und sah sich die Yacht an und fragte, ob er sie auch von innen sehen dürfe. „Gerne!", erwiderte der geborene Verkäufer neben ihm und schickte sofort nach einem Schlüssel.

Während er wartete, schweiften seine Gedanken weit ab. Schon vor Jahren hatte er selbst alle notwendigen Scheine und Lizenzen erworben, um ein solches Boot zu führen. Eigentlich hatte er die Absicht gehabt, mit der Frau, die er liebte, einmal um die Welt zu segeln. Bei einem wunderschönen Segelurlaub in den Küstengewässern Kroatiens und der Absicht war es dann geblieben. Die Arbeit hatte ihn schnell wieder eingefangen und die Frau war ihm davongelaufen. Wenn er sich erst einmal festgebissen hatte, benahm er sich wie ein tasmanischer Teufel und ließ seine Beute nicht wieder los. Für seine Arbeit war dies ein Qualitätsmerkmal, für das Privatleben war es die Antithese.

Jetzt stand er in der Kajüte dieser Yacht, die für einen eingefleischten Alleinsegler wie ihn wie gemacht schien, und machte sich in diesem Moment klar, dass er die letzten vier Jahre keinen einzigen Tag Urlaub genommen hatte. Wozu auch? Doch jetzt fühlte er sich müde und ausgelaugt und bereit für Urlaub, die Welt und die See.

Eine weitere Stunde später hatte er die Segelyacht erworben und gute Konditionen für einen Liegeplatz verhandelt. Er bat lediglich, die Yacht für einige Wochen am Steg in einer Box nahe den großen Yachten zu platzieren. Der vom schnellen Verkauf milde gestimmte Besitzer des Yachtausstatters zeigte sich kooperativ und Erich war bereit, sich ein wiederholtes Mal festzubeißen.

CHRISTIANSØ

Daniel hatte augenscheinliches Interesse an Nadja gefunden und ließ sie keinen Moment mehr aus den Augen. Nadja fand den Mann - einen athletisch gebauten und intelligenten Kerl zum Anlehnen - nicht uninteressant, war sich aber nicht sicher, ob dieses Interesse nicht nur Mittel zum Zweck war, um von ihr mehr über ihre Mission zu erfahren. Vor dem Ablegen sprach sie mit Sergej darüber, der sie von ihrem Verehrer mit der Bitte um ein technisches Gespräch auf einen Kaffee losgeeist hatte. „Nicht auszuschließen. Bisher sind alle drei verdächtig.", entgegnete er.

Wenn es einen Gegenspieler an Bord gab, so gab es nur einen Grund, weshalb sie noch immer am Leben waren: Das Ziel war ihm noch nicht klar und das Ablenkungsmanöver beim Ausbringen des ersten Sonargebers hatte funktioniert. Dieser würde etwa einen Monat lang funktionieren und die Ladung der Rohrsonde beim Passieren zuverlässig zünden.

„Vorausgesetzt, dein Freund schafft es, wird ein Rohr definitiv in die Luft fliegen.", setzte er fort und ergänzte: „Mach dich bereit Nadja! Sowie wir den Sprengstoff anfassen, sind wir auf der Abschussliste." Nadja dachte an ihren Freund und war sich relativ sicher, er würde es schaffen, aber im Moment war er einfach nur sehr weit weg.

Die Zeit zum Ablegen war gekommen. Für die kommenden Tage war Wetterbesserung vorhergesagt und es ergab sich ein weiteres Zeitfenster zum Handeln. Das Problem war: Sie waren noch nicht vorwärts gekommen und die Zeit lief ihnen davon.

Bei nördlichen bis östlichen Winden ging es in der Kreuz und bei Halbwind an der Ost-Küste Bornholms entlang in Richtung Christiansø. An diese Inselseite grenzte in einiger Entfernung der Dänische Raumfahrtbahnhof auf See, in einem ausgewiesenen Gebiet, das sie versuchten zu umfahren. Hier war die Dünung auch nicht so ausgeprägt und Sergej ließ deshalb im Aufenthaltsraum den Sprengstoff versammeln und zu Modulen für vier Sprengkörper verbinden. Diese waren nun einsatzbereit und wurden gegen neugierige Blicke von außen mit Planen verborgen. Lediglich die Zünder mussten noch angebracht werden.

Am frühen Nachmittag legten sie zwischen den beiden größten der „Erbseninseln" an einem malerischen, kleinen, mit Bäumen bestandenen Kai an. Vom Bug und Heck konnte man hier auf die offene See schauen, die Boote lagen jedoch gut geschützt in dem kleinen Hafen zwischen den beiden Hauptinseln, der an der engsten Stelle - die eine schmale Hängebrücke für Fußgänger überspannte - nur etwa 20m breit war. Sergej rief die Crew zusammen und sagte: „Erholt Euch noch etwas! Am Abend fahren wir nach Süden zum Zielgebiet."

Das hieß, es würde eine Nachtfahrt mit einer Hundewache für sie und Sergej geben. Nadja beschloss, die kurze Zeit zum Durchatmen zu nutzen. Sie schlenderte langsam zu der kleinen Hängebrücke, die nur einige Schritte an der Steinmauer entlang entfernt lag, und schaute von dort auf den großen Turm und die Bäume hinter der Garnisonsmauer. Ihr Boot war das größte Segelschiff im Hafen und nahm sich etwas deplatziert neben den wenigen Segelbooten und den Fischerbooten auf der anderen Hafenseite aus. Nach Süden sah man auf die kleine Hafenmole, auf der gegenüber liegenden Seite grüßte ein kleinerer Turm und einige wenige Häuser von der mit Gras und Büschen bestandenen Hafenkante. Altertümliche Laternen und ein mit Kopfsteinpflaster ausgelegter Weg luden sie für einige Minuten zu einem kurzen Spaziergang ein. Sie träumte noch etwas an der Mole entlang, als Daniel, der sich noch an Bord nützlich gemacht hatte, plötzlich hinter ihr stand. „Hier schöne Frau, für Dich, zur Erinnerung.", sagte er und überreichte Nadja eine Silberkette, die mit einem kleinen ovalen mit azurblauem Glas verzierten Anhänger versehen war. „Danke. Wo hast Du das denn her?", fragte sie und band die Kette um ihren Hals. Er half ihr mit dem Verschluss. „Es ist ein uraltes sehr wertvolles Familienerbstück.", scherzte er mit feierlichem Blick, lachte dann aber und erklärte, es gäbe tatsächlich einen Laden auf der winzigen Insel. Nadja war beeindruckt und lächelte dem Romantiker zu, während sie darüber nachdachte, ob dieser Mann derjenige sein könnte, der sie möglicherweise umbringen würde. Auch die anderen beiden waren nett, aber in Menschen kann man eben nicht hineinsehen. Daniel hatte ihren etwas skeptischen Blick gesehen und fragte: „Gefällt sie Dir nicht?". Sie lächelte ihn an und sagte: „Doch sehr." Dann gab sie ihm einen kleinen schnellen Kuss auf die Wange und lief über die Brücke zurück zum Boot. Ihre mittelblonden, schulterlangen Haare wehten locker im Wind, und sie bewegte sich auf der Brücke wie ein Mannequin auf dem Laufsteg. Daniel sah ihr einen kurzen Moment reglos nach

und folgte ihr dann langsam und in Gedanken.

WARTEN

Erich war sich sicher, dass dieser Hafen der
Ausgangspunkt der Aktion war. Er musste
nur genügend Geduld beweisen.Unglückli-
cherweise sah die Einrichtung, für die Erich
arbeitete, dies anders. Die Weltlage war an-
gespannt. Die zweite Corona-Welle rollte auf
Europa zu und im Osten zog ein Krieg auf,
der die Weltlage deutlich zu verschärfen
drohte. Erichs Spur schien kalt zu sein,
Europa driftete auseinander, Amerika wurde
langsam verrückt. Es gab viele andere Probleme, die auch zu lösen waren. So wurden
die Zusatzmitarbeiter wieder abgezogen und
auch Benjamin bekam neue Aufgaben in einem anderen Teil der Welt. Erich hatte seine
Argumente klar auf den Tisch gelegt, war
aber nicht zu seinem Chef durchgedrungen.

So leicht wollte er jedoch nicht aufgeben,
und sagte seinem Chef, er wolle jetzt den
Resturlaub der letzten vier Jahre nehmen.
Dieser war mit der unerwarteten Wendung
nicht unzufrieden, kannte er doch seinen ei-
genbrötlerischen Mitarbeiter nur zu gut und
hatte sich schon auf eine deutlich längere
Diskussion eingestellt. Froh, dieser Angelegenheit entronnen zu sein, war der Antrag
schnell bewilligt und Erich fuhr so bald er
konnte wieder zur Marina zurück - in der

Hoffnung in der Zwischenzeit nichts verpasst zu haben. Er machte es sich in seinem neuen Boot gemütlich und fing an, die Yacht für einen längeren Hochseetörn auszurüsten. Im Cockpit seiner Yacht sitzend, las er Yachtzeitschriften und -kataloge, die ihm der geschäftstüchtige Ausstatter mitgegeben hatte. Von hier hatte er die Liegeplätze aller größeren Yachten, die für die Aufgabe geeignet waren, im Blick. Es war ohnehin die Zeit der Epidemie und alle Menschen zogen sich in ihre Schneckenhäuser zurück. So war sein Areal überschaubar und ruhig. Wochen gingen ins Land. Er war mittlerweile braungebrannt und genoss Wind und Seeluft, die ihm hier nahezu ununterbrochen um die Nase wehte. Und Erich bemerkte noch etwas, das er einige Jahre nicht mehr an sich gespürt hatte: Ruhe.

Waren die Menschen dieses Landstrichs zunächst etwas kühl und abgebürstet, so änderte sich das nach einiger Zeit, und er entdeckte, dass er mit einem freundlich-kurz angebrachten „Moin!" auch einen noch so finster blickenden „Fischkopp" zumindest zu einem kurzen Lächeln bewegen konnte. Man half sich in der Marina gegenseitig aus und tauschte Erfahrungen zur Pflege der Boote und da Erich ein investigativ ermittelnder Fahnder war, hatte er nach einigen Wochen einen Haufen Erfahrungen in Bootsunterhalt und -pflege gesammelt.

Gerade wollte er sich mit dem Anbau eines für die Hochsee sehr geeigneten Haltegriffes - der Alleinseglern gute Dienste tat - beschäftigen, als er die drei Herren, die offenbar einen längeren Tauchurlaub planten, mit einem Pärchen auf den Steg kommen sah. Volltreffer!

Einer davon war der Mann nach dem er gefahndet hatte. Ihr Boot lag drei Boxen weiter außen und sie mussten direkt an ihm vorbeikommen. Jetzt bogen sie auf den langen Steg ein. Erich nahm die Frau im Team in näheren Augenschein und erstarrte für einen Moment. Sie war wirklich bildschön und erinnerte ihn frappierend an eine Frau, die er bereits mehrere Jahre zuvor versucht hatte zu vergessen. Ihm war, als sei er in ein Zeitloch gefallen.

Erich platzierte sich auf dem Steg, nahm sich ein Herz, sprach sie an und machte ihr einige Komplimente. Natürlich reagierte sie unverbindlich, war dabei aber weiter sehr freundlich und zugewandt. Was hatte diese nette Frau mit den drei durchtrainierten Tauchausflüglern, und vor allem mit diesem gefährlichen Mann zu schaffen? Nun, er würde es herausfinden.

TARGET

Ivan Petrowitsch las von seinem Informanten: „Target ist Unterwasser-Rohrleitung südöstlich von Bornholm, Auftrag wird morgen ausgeführt, Position wird übermittelt."

‚Na endlich!', dachte er und schaute aus seinem Fenster hinaus auf die regnerische Stadt. Es herrschte Krieg und die Situation war zur Zeit in mehrfacher Hinsicht explosiv. Eine Lösung dieser Angelegenheit war überfällig.

HUNDEWACHE

Gegen neun Uhr abends legte die „Atlantis" von Christiansø ab. Sergej und Nadja legten sich gleich in ihre Kojen und überließen den den anderen Männern das Feld für die erste Schicht bis zur Hundewache gegen ein Uhr Nachts. Richtiger Schlaf wollte sich jedoch nicht einstellen und Nadja hörte noch einige Zeit die drei über den Einsatz am morgigen Tag reden. Sie schlummerte dennoch irgendwann eher unruhig ein und träumte von ihrer Berliner Wohnung. Sie saß mit ihrem Freund auf der Couch ihres Wohnzimmers. Ihr Freund ging in die Küche, kam mit zwei Aperol wieder und sie tranken. Er sagte: „Es ist soweit!" Sie gab ihm einen Kuss, schloss kurz die Augen öffnete sie wieder und vor ihr saß nicht ihr Freund sondern Daniel!

Sie wachte vollends auf und stellte fest, dass Daniel sich tatsächlich über sie gebeugt und leicht gerüttelt hatte. „Deine Wache beginnt.", sagte er, ging in die Kombüse und brachte ihr ein Glas Wasser zum Wachwerden. Noch schlaftrunken streifte sie ihr Seezeug über und übernahm das Ruder auf nächtlich unruhiger See in einem Hart-am-Wind-Kurs. Sergej und sie wechselten sich ab und man hörte die andere Mannschaft deutlich schnarchen. Es war dunkel an Bord, der erste Morgen hatte sich noch nicht bemerkbar gemacht. Nadja stand am Ruder und Sergej kam nach etwa einer Stunde den Niedergang mit etwas Kaffee herauf. Er reichte ihr den Becher von der anderen Seite des Steuerruders. Die Nacht war ansonsten sehr ruhig und beide unterhielten sich eine Zeit flüsternd miteinander, um die anderen nicht zu wecken, die ihre Schlafzeit wohl verdient hatten. Es nieselte leicht und war feucht an Deck. In diesem Moment kam jemand den Niedergang zu den beiden empor.

„Na Doc, kannst Du nicht schlafen? Wie geht es den anderen. Schlafen sie?", fragte Sergej, ohne sich umzudrehen. „Sehr tief und fest. Und jetzt hätte ich bitte gern die Kiste mit den Zündern!", antwortete Wenzel und sah dabei in Nadjas Augen. Sie begriff. Er stand im Cockpit zwischen den zwei Tischen und hielt beide Hände nach oben, in der einen Hand eine Pistole, in der anderen eine Handgranate. Sergej hatte in Nadjas Augen geschaut und die Lage bereits vorher erfasst. Sie war unglücklich für die beiden. Sie bildeten ein gutes Schussfeld.

In diesem Moment fiel Nadja ein lebensrettender Einhandsegler-Spruch ein: „Eine Hand fürs Boot, die andere fürs Leben.". Sie bewegte fast unmerklich die Lippen und raunte Sergej zu: „Festhalten ...". Mit entschlossener Drehung am Ruder fuhr sie durch den Wind zu einem schnellen Quick-Stop-Manöver und duckte sich gleichzeitig hinter die Lenksäule. Segel und Großbaum schlugen um, die Taue ächzten auf. Die Yacht krängte stark und Wenzel wurde mit einem Ruck umgerissen, ein Schuss löste sich, traf aber niemanden. Er versuchte, sich irgendwo festzuhalten, und die Handgranate kullerte durch das Cockpit genau vor Nadjas Nase.

Sie fasste beherzt zu, warf sie in flacher Kurve auf der Heckseite über Bord und duckte sich erneut. Kurz darauf folgte ein ohrenbetäubender Knall. Als sie in die andere Richtung schaute, sah sie, dass beide Männer um Wenzels gezogene Waffe rangen. Sie teilten gegenseitig hart aus und kämpften auf der immer noch rotierenden Yacht. Die nächste Krängung des Bootes ging zu Ungunsten von Sergej aus. Wenzel konnte sich frei machen und und riss die Pistole in den Anschlag. In diesem Moment ertönte ein Schuss.

Sergej sah zum Ruder und erblickte Nadja, die sich hinter dem Steuer fest stehend sicher verkeilt hatte. Sie hatte gefeuert und hielt ihre Kleinkaliberpistole noch im Anschlag, die sie eilends aus ihrem Seezeug herausgeklaubt hatte. Wenzel ließ die Arme mit der Waffe sinken und sackte in sich zusammen, wobei er hart mit dem Kopf auf die Tischkante schlug und reglos im Cockpit liegen blieb. Wenn die Kugel ihn nicht getötet hatte, dann hatte er sich spätestens jetzt beim Sturz das Genick gebrochen. Die Yacht drehte immer noch ächzend Pirouetten. Nadja steckte die Pistole in die Tasche, brachte das Boot in eine stabile Position zum Beiliegen auf See und zog die Rudersicherung fest, dann brach sie zusammen. Sie wurde wieder wach, als Sergej ihr leicht auf die Wangen klopfte und wiederholt ihren Namen rief. Ihr war furchtbar kalt und sie fühlte sich elend. „Bist Du okay?", fragte Sergej. Nach kurzem Check ihres eigenen Körpers nickte sie. Sergej hatte Hämatome im Gesicht, hatte den Kampf jedoch halbwegs überstanden. Er war hart im Nehmen. Sie schauten nach den anderen beiden Männern. Sie waren noch am Leben, waren aber mit einer Injektion stark sediert worden und nicht einsetzbar.

„Was machen wir?", fragte Nadja und kämpf
te gegen die aufkommende Übelkeit an. Sergej entgegnete: „Die Leiche muss von Bord
und wir müssen hier weg so schnell es geht."
Die Badeplattform wurde ausgeklappt und
beide sicherten sich mit Gurten am Boot. Der
Mann wurde entkleidet, mit einem Tampen
an einem Grundgewicht festgebunden und
von der Plattform geschoben. Nadja schaute
hinterher, wie der leblose Körper beim Licht
der beginnenden Tagesdämmerung schnell
in der Tiefe versank. „Wirf den Motor an, wir
fahren nach Kolberg!", sagte Sergej.

LOSLASSEN

Erich war geschäftig auf dem Steg hin und
her gestromert und hatte ein paar brauch-
bare Bilder aller Beteiligten geschossen,
ohne bemerkt zu werden. Er hatte auch in
Erfahrung gebracht, dass die Yacht nur noch
bis morgen bleiben wollte. So stand es
jedenfalls im Belegungsplan des Hafenbüros.
Es war der ideale Zeitpunkt: „Auf frischer
Tat", nannte man das wohl im Volksmund.
Was fehlte, war nur noch ein kurzer Anruf
bei seinem Chef, dann würde am kommenden Morgen eine Horde gut ausgebildeter,
bewaffneter und schwer gepanzerter Männer einer Sondereinsatztruppe den Steg
stürmen und die Gruppe ausheben. Er malte
sich aus, wie sie die Männer und die Frau aus
dem Boot zerren und auf dem Steg auf das

Holz niederdrücken würden, um ihnen Hand schellen anzulegen. Ja, er hatte sich wieder einmal erfolgreich festgebissen und dies wäre sein alleiniger Triumph.

Nun saß er allerdings schon eine Stunde vor einem kalten Kaffee im Cockpit seiner Yacht, hatte sein Handy die ganze Zeit in der Hand, aber immer noch nicht angerufen. Was hinderte ihn, diesen kurzen Anruf zu tätigen?

War es die Tatsache, das dies eine unfassbar hübsche Frau war, dass sie ihn an seine Ex-Freundin erinnerte, oder noch etwas anderes? Er legte das Handy langsam und bedächtig in die Ecke des Cockpits und griff nach der Tasse mit dem kalten Kaffee. Er schmeckte bitter und passte nicht zur Stimmung des ausgehenden Sommers in der Marina.

Zwei Dinge ließen ihn zögern: Einerseits das Gefährdungspotential bei einem Einsatz innerhalb der Marina war für Unbeteiligte sehr hoch. Da gab es aber noch etwas anderes: Sein Instinkt meldete sich und sagte ihm, dass diese Frau nicht für den Job gemacht war, den sie hier gerade ausübte. Sie hatte noch viel mehr Lebenszeit vor sich und mehr Potenzial. Erich fasste eine Entscheidung, ging den Niedergang hinunter, goss den kalten Kaffee in das kleine Waschbecken in der Kombüse und ging in die Brasserie am

Hafen, um Abendbrot zu essen. Dort gönnte er sich einen Steinbutt und einen guten Weißwein der Unstrut-Region.

Am Abend schrieb er etwas auf einen kleinen Zettel und steckte diesen in seine Hosentasche. Er ließ sich früh genug wecken, um die Abfahrt der anderen Yacht ja nicht zu verpassen, wartete bis die Crew vom Frühstück zurückkehrte und hielt die junge Frau erneut an. Er sagte ihr, das sie ihn an seine Frau erinnere und fragte nach ihrem Namen. „Nadja", erwiderte sie. „Hoffnung also.", entgegnete er, lächelte, wünschte ihr eine gute Fahrt und drückte ihr mit einem Handkuss den Zettel in die Hand. Mehr konnte er für diese junge Frau nicht tun.

Dann ging er zum Hafenbüro, meldete sich für einen Monat ab und legte mit seinem klei nen Segelboot ab in Richtung Dänische Südsee. Es war auch für ihn die Zeit gekommen, sich in seinem eigenen Leben anderen Dingen zuzuwenden. Als sein Boot die Befeuerung der Hafeneinfahrt zur offenen See hin passierte, lächelte er.

KOLBERG

Sergej und Nadja wechselten sich im Vierstundentakt ab, als sie schließlich auf Kolberg zu und in den Hafen einfuhren waren sie beide ziemlich fertig. Der aus rotem Backstein gemauerte, runde Leuchtturm zog an Backbord in unmittelbarer Nähe vorbei. Sie suchten sich ein Plätzchen im hinteren Hafenareal, wo sie hofften, nicht besonders aufzufallen. Die Männer schliefen bis fast zur Einfahrt von Kolberg durch. Ion erwachte zuerst und grunzte finster. Nadja brachte ihm Wasser. Kurz darauf wurde Daniel wach und als er Nadja an seiner Koje stehen sah, sagte er: „Ein Engel." „Na, Dir geht es wohl wieder gut.", sagte sie und lachte leicht. Der kleine Anhänger, den sie als Talisman um den Hals trug, blinkte blau im Licht des Lukenfensters auf. Ernst hörten die Männer zu, was sich seit ihrer Narkose ereignet hatte. Tieftauchen ohne Arzt war gefährlich und alle waren mehr oder weniger ange-schlagen, aber der Tag, an dem die explosi-ven Sonden ankamen, rückte beträchtlich näher. Sergej gab allen einen Tag zur Erho-lung in der Stadt und blieb selbst an Bord, um das Risiko klein zu halten, doch noch ent deckt zu werden.

Daniel und Nadja mieteten sich nach kurzem Spaziergang ein Doppelzimmer in einem Ho-tel an der Küste und machten es sich dort gemütlich. Sauna, Pool und Spa waren vor-handen und beide nutzten dies, bis sie sich wieder gut fühlten. Ein Essen im Restaurant mit Meerblick schloss sich an. „Wer hätte das gedacht? Ein Attentat mit Spa und Aus-sicht!", bemerkte Daniel. Nadja hatte sich gefangen und lachte leise in sich hinein, während sie sich über den Nachtisch hermachten. Beide aßen, als wären sie dem Verhungern nahe gewesen. Daniel schenkte Nadja noch ein Glas Rotwein nach, während sie gedankenverloren aus dem Fenster blickten. „Wollen wir noch bis morgen früh hier bleiben?", fragte Daniel. „Das Zimmer ist schon bezahlt.", meinte Nadja, stand auf und nahm ihn bei der Hand, um mit ihm nach oben ins Zimmer zu gehen.

Am nächsten Morgen standen beide um Punkt sechs Uhr an der Mole vor der Yacht. Sergej war soeben von der Dusche zurück gekommen und ordnete einige Unterlagen am Tisch im Cockpit. Nichts erinnerte mehr an die Vorfälle der vergangenen Tage.

„Skipper, wir bitten an Bord kommen zu dürfen!", deklamierte Daniel. „Erlaubnis erteilt!", begrüßte sie Sergej und setzte hinzu: „Alles eine Frage der gegenseitigen Motivation." Sie mussten sich auf die nächsten Aufgaben konzentrieren, das war die Hauptsache. Vor ihnen lagen erneut lange und anstrengende Tage auf See.

Als sie den Hafen verlassen hatten, nahmen sie zunächst Kurs auf Öland und schließlich auf die Nordseite des reservierten Seegebietes östlich von Bornholm. Das hatte seinen Grund, denn seit einigen Tagen patrouillierten hier Schiffe in der Seegegend von Bornholm, deren Bekanntschaft man nicht zwingend machen wollte. Den Radarreflektor hatte Sergej deshalb vorsorglich abgebaut und unter Deck gebracht. So waren sie deutlich schlechter zu orten. Es folgten weitere lange Fahrten und Erkundungen mit Sonde, die aber einfacher gelangen als beim ersten Mal. Sergej hatte ein Gebiet gewählt, das deutlich weiter entfernt von allen Punkten war, die vorher ihre Aufmerksamkeit erforderten.

Nun wieder Tauchen und in die Dunkelheit. Am einfachsten war der Sonargeber zu montieren. Es klappte schon beim ersten Tauchgang. Das hatten Nadja und Sergej bereits gemacht und das Paket kam hier ja per Rohrpost an. Als sie die erste große Sprengladung anbrachten, verstanden sie, was wirkliche Unterwasserarbeit bedeutete: Bei schlechter Sicht hatten sie mehr als eine Stunde hart bei dem enormen Druck zu arbeiten und Wechselflaschen waren für den Aufstieg in einiger Tiefe noch vorzuhalten. Hier hatten sie einen Zeitzünder gesetzt und eingestellt. Als beide ihre Köpfe wieder über Wasser steckten, sagte ihnen Ion, die Pakete seien verschickt.

Das erfüllte Nadja mit Freude. In ihrem Freund steckte mehr, als der erste Anschein es vermuten ließ! Dann wurde ihr bewusst, dass sie ihm bei ihrer Rückkehr Einiges zu erzählen hatte. Ihr dritter Gedanke galt der Zeit: Ihnen blieb nur noch ein halber Tag zum Anbringen der restlichen Ladungen.

„Drei Stunden Pause und dann noch ein Tauchgang", bemerkte Sergej in diesem Augenblick.

EXPLOSIONEN

Während dieser Zeit nahm die Yacht Kurs auf die nicht allzu weit entfernte dritte Position. Es durfte ihnen kein Fehler mehr passieren. Wenn sie die Druckwelle der ersten beiden Explosionen unter Wasser traf, waren sie verloren. Wenn die Yacht zu nahe an der Austrittsstelle des Gases war, waren sie es auch. Das waren viele Wenn und Aber. Wieder mit Uhr hinunter, eine Stunde Arbeit, langsam wieder hinauf. Es blieb nur noch wenig Zeit bis zur ersten Explosion und sie mussten hier weg. Kaum waren sie oben, wurden sie von Ion und Daniel vereint auf die Badeplattform gehievt, letztes Equipment verstaut und unter Maschine mit Vollgas der ungastliche Platz verlassen. Beide saßen müde und abgekämpft im Cockpit bei Daniel.

Ihr Fluchtplan sah die Überquerung und dann einen Kurs entlang des Verkehrstrennungsgebietes, der Schiffsautobahn in der nördlichen Ostsee, vor. Die erste Explosion südlich von Bornholm nahmen sie nicht wahr, aber die drei anderen, die näher bei ihnen in kurzem Abstand aufeinander folgten, waren als dumpfes Seebeben sehr deutlich zu spüren. Ion, der mittlerweile Daniel am Ruder abgelöst hatte, sagte nur kurz „Wow!" und verstummte dann. Nadja und Sergej waren zu müde zum Staunen. Sie versuchten, sich aus ihren Neoprenanzügen zu befreien, konnten aber kaum einen Finger mehr rühren. Beide wankten den Niedergang hinunter und verschwanden bis zum nächsten Morgen in ihren Kojen. Jetzt ging es gemächlicher zurück nach Rostock, die Yacht war noch abzugeben und das restliche Equipment war zu verteilen. Gefährliches Gut befand sich nicht mehr an Bord und die Propangasflasche am Heck konnte für den Herd wieder aufgedreht werden. Es war Zeit für eine heißen Kaffee und zurück in der Marina in Rostock für einen Anlegeschluck in Form eines Aperols.

FÜNEN

Erich befand sich auf der Insel Fünen im Hafen der dänischen Stadt Faaborg. Er hatte jetzt schon einige Häfen besucht, aber die schönste Zeit war es, auf See zu sein und den Horizont nach Landmarken zum Peilen abzuchecken. Diese Tätigkeit war anders investigativ und verschaffte ihm neue Genugtuung. Gerade hatte er hier am Steg festgemacht und ein nettes Plätzchen zum Abendbrot gefunden, als in den Nachrichten auf einem Bildschirm berichtet wurde, es wären Gasversorgungs-Pipelines in der Ostsee an mehreren Stellen gesprengt worden. Hatten diese verdammten Hasardeure es also doch geschafft!

In diesem Moment sprach ihn eine Frau vom Nachbartisch an und sagte: „Haben sie das eben gesehen, das ist doch fast nicht zu glauben?" „Doch, doch. Ich glaube es.", erwiderte er und lud seine Nachbarin ein, sich für das Abendbrot zu ihm zu setzen. Sie nahm an. Er freute sich und bestellte einen guten Wein.

VERSETZT

Ich wartete zur vereinbarten Zeit auf der kleinen metallenen Bank am Central Park in New York auf Nadja. Es war ein schöner Herbsttag und eine Menge Leute waren hier unterwegs. Die kleine steinerne Rosette war mit etlichen Blättern in unterschiedlichen gelben und roten Tönen bedeckt. Mütter mit Kindern, Herren mit Taschen und Rucksäcken und diverse Schüler waren unterwegs und hasteten über den Platz. Eine Frau sah Nadja ähnlich. Aber beim Näherkommen stellte sich der Irrtum schnell heraus. Ich wartete weiter.

Gleich als ich hier angekommen war, hatte ich zunächst eine der Banken, deren Name auf meiner Kreditkarte stand, besucht, meinen Kontostand abgefragt und etwas Bargeld abgehoben. Man konnte sagen: Ich war ein gemachter Mann und brauchte mir über mein weiteres Leben keine Gedanken mehr zu machen. Es befanden sich zwei Millionen Dollar mehr auf meinem Konto als ich bisher besessen hatte. Ich konnte einfach tun und lassen, was ich wollte.

Das beruhigte, machte aber das Warten nicht erträglicher. Nach einer Viertelstunde erhielt ich eine anonyme SMS auf mein Handy: „Kann nicht kommen."

Mehr gab es nicht und ich stand im herbstlichen Sonnenschein, als hätte es soeben begonnen zu regnen.

Schreibtisch

Der Schreibtisch von Ivan Petrowitsch war leergeräumt, als sein Nachfolger mit einer Aktentasche bestückt in das Zimmer trat. Ihm wurde erzählt, sein Vorgänger sei in seinem Lieblingslokal einem plötzlichen Bolustod beim Genuss einer zu üppigen Schweinshaxe erlegen. ‚Vielleicht ein genussvoller, aber kein schöner Tod!', sagte sich sein Nachfolger und nahm schon einmal probehalber auf dem Sessel Platz.

„Wo hat er denn immer gespeist?", fragte er und erhielt die Adresse des Restaurants. Der Fahrer und das Personal des Restaurants waren im Bilde und führten ihn zu dem Tisch mit der schönen Aussicht, wobei sie ausdrücklich betonten, wie leid ihnen der peinliche Zwischenfall täte. Man hätte ihn für höchstens zwei Minuten aus den Augen gelassen und ihn dann mit dem Gesicht auf dem Teller entdeckt.

Sein Nachfolger nahm am Tisch Platz und bestellte einen grünen Salat und ein Mineralwasser. Nach etwa fünf Minuten kam ein untersetzter, kräftiger Mann mit Glatze und Stiernacken durch die Tür, den er als Stellvertreter von Ivan Petrowitsch erkannte. Dieser setzte sich zu ihm und erzählte ganz beiläufig, dass er noch vor kurzem mit Herrn Petrowitsch hier gespeist hätte.

Den Nachfolger beschlich ein seltsames Gefühl, aber er wollte sich an seinem ersten Tag hier keine Blöße geben, lächelte und sagte zu seinem Stellvertreter: „Dann bleiben sie doch bitte noch zum Essen!"

BEDINGUNGEN

Daniel hatte Nadja gefragt, ob sie sich ein Leben mit ihm vorstellen könne. In ihrem Job sei dies schwierig, aber nicht unmöglich. Sie hatte ihm für alles gedankt, ihm aber auch unmissverständlich klar gemacht, dass eine feste Beziehung zu jemandem aus dem Unternehmen für sie ein No-Go sei. Das war ein nicht so schöner Abschluss ihrer kurzen Liaison, aber eines der wenigen Prinzipien, die sie wirklich durchhielt.

Danach stand ein Treffen mit Sergej in Mailand an. Sie hatten sich ein nettes Straßenkaffee ausgesucht und sahen sich das erste Mal nach der letzten Aktion in der Ostsee. Beide bestellten sich einen Milchkaffee und Nadja äußerte den Wunsch, das Unternehmen zu verlassen. Der Kaffee kam, beide schwiegen und nippten vorsichtig an dem heißen Getränk.

Nach einer längeren Pause des Schweigens sagte Sergej: „Ich kann Dich noch nicht gehen lassen. Ist es der Berliner?" Nadja nickte. „Ich weiß", sagte Sergej, „Du bist übermorgen mit ihm verabredet. Leider wird daraus nichts werden. Wir benötigen Dich noch und Du bist uns verpflichtet, wie Du weißt." Nadja wurde blass und fragte: „Wann?"

Sergej sah ihr in die Augen und sagte nach einigen Sekunden: „In zwei Jahren mit einer adäquaten Abfindung. Noch ein Auftrag." Als er ihren kurzen resignierten Blick sah, fügte er hinzu: „Wir behalten ihn für Dich im Auge. Der nächste Auftrag hat wärmeres Wasser und geringere Tauchtiefen. Es geht nach Südostasien. Die Flugdaten gibt es auf das Handy."

Nadja nickte erneut, blickte Sergej mit einem kurzen Blick kühl und abschätzend an, ohne noch ein Wort zu sagen oder die Miene zu verziehen. Es herrschte Krieg und man musste sich mit dem Unternehmen arrangieren, um zu überleben. Für Sentimentalität war hier kein Platz.

Sie stand auf ohne den Kaffee ausgetrunken zu haben, und verließ das Restaurant. „Was für eine Frau!", dachte Sergej und ging zum Bezahlen an den Tresen.

EPILOG

„So, Freunde, jetzt habe ich genug fantasie-volle Geschichten erzählt. Macht Euch selbst ein Bild und findet heraus, was wirklich davon wahr ist und was nicht. Gegenwärtig ist ohnehin niemand an der echten Geschich-te oder einer Aufklärung des Krimis interes-siert, also könnt Ihr gerne mitspekulieren!", sagte ich.

Damit stand ich von meinem Tisch auf der Terrasse des kleinen Galerie-Cafés in Laboe an der Kieler Förde auf, bezahlte und ging allein zu Fuß zurück in Richtung Nordosten zu dem hübschen Haus mit mehreren Ferien-Apartments, in dem ich untergekommen war. Das Haus war malerisch im Ort „Stein" an der Kieler Förde an einem weißen Dünen-strand gelegen. Man sagte, das Apartment-haus
solle einem gewissen „Liam Davis" aus Amerika gehören. Jedenfalls stand dieser Name am Briefkasten des oberen Apart-ments mit einer Dachterrasse, die freie Sicht auf die See gewährte.

Der Tag war malerisch sonnig und schön und mit endlos rauschendem Brandungsge-räusch gefüllt. Eine leise Windbrise strich von See aus über den Strand und brachte Wasserdunst mit, durch den seidig eine blassgelbe Sonne schien. Das lud mich zu einem Spaziergang über den langgestreckten Dünenweg ein, der bei solchem Wetter scheinbar erst in der Unendlichkeit enden wollte.

Nach fünf Minuten des Wegs erkannte ich in etwa einem Kilometer Entfernung einen Menschen schemenhaft auf dem Dünenweg, der leise und wehmütige Erinnerungen in mir weckte und mich kurz innehalten, seufzen und tief Luft holen ließ. Ich ging nun automatisch schneller. Der Dunstschleier der Brandung lichtete sich jetzt allmählich. Nun konnte ich auch sehen, dass dort eine junge, wunderschöne Frau mit schulterlangen, mittelblonden Haaren auf mich zu kam. Ich begann zu laufen, um sie in meine Arme zu schließen.

Ein Faktencheck

Am 26.09.2022 kam es an beiden der zwei Stränge der Pipeline ‚Nordstream 2' und an einem der zwei Stränge der Pipeline ‚Nordstream 1' zu Explosionen im Gebiet östlich der Insel Bornholm. Die erste Explosion südlich von Bornholm erfolgte um 02:03 Uhr, weitere drei Explosionen gab es weitgehend zeitgleich um 19:03 Uhr desselben Tages. Die Gasleitungen wurden dabei zerstört und an den Positionen trat unkontrolliert Gas in einem Radius von mehreren hundert Metern aus. Die mutmaßlichen Positionen der Sprengungen waren:

1) 54° 52' 36'' N, 15° 24' 36''   E
2) 55° 32' 27'' N, 15° 46' 24,2'' E
3) 55° 32' 6'' N, 15° 41' 54''   E
4) 55° 33' 24'' N, 15° 47' 18''   E

Der gemessenen Bebenstärke nach wurde jede Sprengung mit einem Äquivalent von etwa 400 kg TNT je Sprengung bzw. 330 kg Oktogen (Homocyclonite, Homocyclonite, HMX, chemischer Name Cyclotetramethylentetranitramin, einem Spezialsprengstoff für Unterwassersprengungen) durchgeführt.

Mutmaßungen brachten die Segelyacht „Andromeda", Typ Bavaria Cruiser 50 Fuß (Länge 15 m, mit Heckplattform) mit den Sprengungen in Verbindung, von der aus die Anschläge verübt worden sein sollen.

Von einer gesetzten Taucherboje aus mit entsprechender Sorgleine und Gewicht, wäre ein solcher Taucheinsatz in 80-90 m Tiefe möglich.

Dafür sind große Druckflaschen mit speziellem Atemgas für einen Tauchereinsatz notwendig. Die Arbeitszeit am Grund würde etwa 30 min betragen. Die Dekompressionszeit würde mindestens 1 h benötigen. Ein derartiger Einsatz benötigt also ein mehrstündiges Zeitfenster mit geringem Wellengang und Windstärke. Solche Bedingungen waren nur um den 10. und 22. bis 24. September 2022 gegeben.

Auf der Ostsee sind typische Wetterbedingungen im September: Wasser 15°C, Windstärke 4-6 Beaufort, Seegang 4 (2 m), Sprühregen ist ebenfalls möglich.

Auf der Segelyacht, von der der Anschlag verübt worden sein soll, wurden von Ermittlern Sprengstoffspuren von HMX auf dem Tisch im Aufenthaltsraum der Yacht gefunden. Der Skipper hatte die Yacht unter falschem Namen gechartert. Gesichtet wurde die Yacht „Andromeda" an folgenden Punkten:

06.09. 22	Abfahrt Rostock, Marina „Hohe Düne"
07.09.22	Wiek, Rügen
10.09.22	Bornholm
16.09.22	Christiansø
18.09.22	Kolberg
26.09.22	Explosionen an den Pipelines Nordstream 1 und 2

Die Segelyacht wurde danach bei Wiek/Dranske (Rügen) nochmals gesichtet und wieder von der Crew zur Marina Rostock „Hohe Düne" gebracht und ordnungsgemäß zurückgegeben. Von den Behörden wurden verdächtige Personen ermit-

183

telt, aber keiner der mutmaßlichen Attentäter wurde bisher festgesetzt. Eine Person hatte sich mit Diplomatenpass der Verhaftung und weiteren Untersuchungen entzogen. Insgesamt erscheint ein solches Unternehmen unter Verwendung einer einzelnen Segelyacht aus zumindest fragwürdig, da bei der notwendigen Sprengstoffmenge enorme logistische Herausforderungen bestehen würden. Eine Durchführung oder Beteiligung von Staaten und deren Kampfeinheiten, die solchen Logistik-Anforderungen bei einem Unterwasser-Einsatz in großer Tiefe eher gewachsen sind, ist durchaus wahrscheinlich, kann gegenwärtig jedoch weder bestätigt noch ausgeschlossen werden.

(Stand: April 2025; Für die Richtigkeit der hier dargestellten, öffentlich zugänglichen Informationen wird von mir keinerlei Gewähr übernommen. Die Handlung und alle handelnden Personen dieses Buches sind frei erfunden. Jegliche Ähnlichkeit mit lebenden oder realen Personen wären rein zufällig .)

NACHWORT

Lieber Leser,

Die Idee zu diesem Roman hatte ich vor genau einem Jahr und habe sie nach umfangreichen Recherchen zum Thema mit diesem Buch in die Tat umgesetzt. Was glauben Sie, ist die Story zu fiktiv oder real? Nun, meiner Meinung nach hätte sie so passieren können. Vielleicht ist es aber auch nur eine von zahlreichen aufgebauschten Geschichten. Bei der Recherche zum Buch bin ich auf viele Details, Mutmaßungen, Ungereimtheiten, sowie Theorien gestoßen, die Bezug zum Pipeline-Fall des Jahres 2022 hatten. Alle Seiten beschuldigen sich hier gegenseitig und wollen diesen globalen Kampf um Ressourcen, Geld, Einfluss und Macht für sich entscheiden. Die Wirklichkeit ist möglicherweise viel schmutziger und brutaler, als dieser Roman es hier darstellt. Nun, es sagt aber auch keiner wirklich etwas dazu. Ein Mantel des Stillschweigens hüllt sich bis heute über diese Geschichte und lässt Raum für die unterschiedlichsten Interpretationen zu. Ich wünsche spannende Unterhaltung!

Joachim Kind

Berlin, den 26. April 2025

(www.jkind.de)